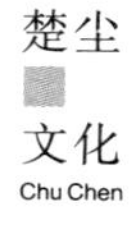

北京楚尘文化传媒有限公司 出品

Milly 著

东京的

种使用法

中信出版集团 · 北京

Contents

目录

前言·恋物·私东京

Motoya Espresso Express
MOTOYA ESPRESSO EXPRESS
SINGLE / DOUBLE
エスプレッソ 150 220 ESPRESSO
カフェラッテ 260 300 CAFFE LATTE
カプチーノ 260 300 CAPPUCCINO
カフェモカ 260 300 CAFFE MOCHA
290 300 MEECO
ブレンドコーヒー 200 COFFEE
おしるこ 十番 260 JYUBAN
ホットチョコレート 260 HOT CHOCOLATE
290 MILK TEA
ハーブティー 320 HERB TEA
アイスエスプレッソ 300 ICED ESPRESSO
アイスコーヒー 300 ICED COFFEE
アイスカフェラッテ 300 340 ICED CAFFE LATTE
アイスカプチーノ ICED CAPPUCCINO
アイスカフェモカ 300 ICED CAFFE MOCHA
アイスおしるこ 十番 350 ICED JYUBAN
アイスココア 300 ICED CHOCOLATE
アイスミルクティー 300 ICED MILK TEA
アイスハーブティー 350 ICED HERB TEA
http://www.motoya-exp.com

＊ 小周 摄

前言
恋物、私东京

给东京下一个定义?

Milly 没有去定义它的企图，更以为没有能力去定义，甚至不知道该用“它”或是“他”或是“她”来称呼东京。

毕竟已是多少次来去，但当试图去描绘东京印象时，却怎么堆叠文字都不能抓住东京的全貌。

踏入东京很容易，深入东京很难，企图融入东京更是“无理”。

愈是接近东京，愈是意识到真正的东京离自己很远，掌握不了或许正是不论去过多少次却依然留恋东京的理由。那么东京是该去征服还是甘心被降服？是要企图去钻入核心，还是从远处窥看浅尝辄止?

在种种的自问自答后，Milly 于是决定何不“使用东京”便好，不去分解不去定义，只是心甘情愿去掉入那不断诱惑着你去消费的陷阱中。

放纵地以最唯我的选择、一切都朝讨好自己的方向出发，以消费去体验那因为是东京才存在的景物、窥看东京时尚的人物、侧听东京的物语、鉴赏东京的物品、品味东京的食物，恋物吧！以愉悦的方式。

多些自信，更悠然地！ 2009 年的春天，Milly 以不慌不忙一整个月的时间，开始一趟大人的东京情绪消费之旅。

1

东京 史上最偏执的 樱花季

当预想着滞留东京的形式或许可以用某种条件内的住游进行时，东京樱花的字样就在眼前浮现。
以樱花画面来规划最佳状况下的一个月东京滞留，可参与着樱花花苞绽放、期待开花、满开、飘落，一个完整的情绪。

根据多年累积的东京樱花追逐经验，不等待日本官方和民间发表樱花开花预估日期，就大致将出发日期定在 3 月中旬而回程定为 4 月底，心想这么长的缓冲期，应该不至于错过任何可能满开的日期。只是期间要离开东京十天前往美国加州，于是什么时候离开是关键。

新宿御苑

据 2 月底的征兆，显示 2009 年东京樱花会比往年早开，预计开花时间是 3 月中下旬，满开大约是 3 月底。如这般推算，4 月上旬暂时离开东京去一趟加州是安全的吧？

万万没想到 2009 年东京樱花却是至今经验中最“牛”的一年，不但让 Milly 的樱花巡礼几乎都在失败边缘惊险完成，更让多数兴冲冲来看樱花满开的海外游客败兴而归。（2010 年起，日本气象厅不再作樱花开花预测，完全转由民间接手。）

说起来一切都还是由于樱花太美，否则怎能忍受被那一喜一忧给翻弄着，还每年甘之如饴地继续期待。

决定好大致的行程就发出了邀约，四批朋友于是在不同时段加入 Milly 的东京之旅。

然后再依照各人对东京之旅的期待，调整樱花行程的分量。

像是 3 月 13 日至 3 月 17 日的阿 tan，从一开始就大致上放弃看樱花。3 月 18 日至 3 月 21 日的 Sophia 则是抱了些许可以看见早开樱花的期待。

3月25日抵达、29日离开的 Evelina 母女三人，则是当时认定最有机会看见樱花满开的一组，基本上 Evelina 母女设定的旅行主题也正是樱花观赏。

至于3月31日至4月4日加入的 Ling，则以绝对要看见满开樱花为前提决定了这次旅行。

只是在3月中 Milly 出发时，谁都没能预测到即使是最后一组的 Ling 在4月4日离开当日，都没能看见樱花绝对满开的东京，一切都是意外的意外。

2009年东京樱花季于3月21日宣布开花。

在日本，所谓一个行政区域或都会区域宣布开花，并不代表这个地方满山遍野大街小巷的樱花树都已经缤纷灿烂满开中。宣布开花是根据每个区域的“樱花标准木”，当樱花标准木的开花朵数到达标准，就会由气象厅发出开花宣言。

樱花季节中，勤快上网查询开花状态是必要的手段。开花状态大约分为含苞、三分开、五分开、七分开、满开、飘落和叶樱等阶段，通常开花宣言之后一个星期就是满开日，但如果连续几个艳阳天持续高温，四至五天后就满开的情况 Milly 也遇过。

满开最佳观赏期大约可维持个二至三天，之后樱花就会很快飘落，进入叶樱阶段。Milly 同样遇过在宣布满开的第二天已经看不到像样的满开樱花，原因是满开当天刮着大风，晚上又下大雨。

2009年东京樱花季在3月21日宣布开花后，温度遽降，连续几日都是10度不到的天气，冷空气让樱花很错乱，无法发出开花的指令给花苞。Milly 在24日前往中目黑车站旁的目黑川时，看到的樱花开花情况根本是连三分开都达不到。26日再去目黑川的樱花道，让人不敢置信，时隔三日花苞几乎没多大进展，距离满开显然还有很长一段时间。

这意外的状态让 Milly 开始担心，27 日早就计划好要带领 Evelina 去看的樱花路径是否能够成立？这担心也真的成真了，说理所当然也是理所当然，除非奇迹，否则三分开的樱花是不会在一夜间满开的。

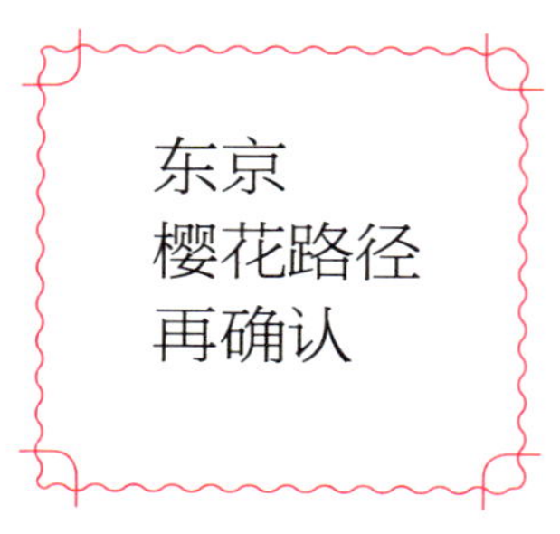

在 Milly 的东京散步路径中有一条都会樱花路径，是在多年来一次次的樱花散步中成形的。如果是 Milly 带路，首先会约在涩谷站前的“八千公”狗儿雕像前 8 点半集合，八千公一旁就有几株樱花，樱花满开季节在这起点已有些赏花气氛。

不是太挑剔口味，只是迁就景观的话，面对涩谷车站的大楼上的星巴克是不错的选择，不过如果当日设定是樱花散步日和，当然希望吃早餐时也能看见樱花，于是选择从涩谷站走去约三至五分钟、位于樱丘町的 EXCELSIOR CAFE 享用早餐。

姑且不论这间连锁咖啡屋的早餐好不好吃，重点是，在樱花季节时，这里会转身成为绝佳樱花视野的咖啡屋，咖啡屋前的露天座位是在喧嚣杂乱都会中很难得的赏樱秘密基地。

吉祥寺樱花宴

早餐后走捷径，从涩谷新南口前道路穿过天桥进入代官山，沿路上有不少株位于住宅区周边又开得茂盛的高大樱花树。樱花季节 Milly 会像这样走着确认着在记忆路径上的樱花树，不知怎的，会有种去见老朋友的愉悦和期待。

之后从代官山走下坡道，往最爱的赏樱区目黑川走去，在这之前也不忘去探访一下代官山车站边的那株樱花，以及在旧山手通边上停车场边的垂樱。

在目黑川尽情赏樱、用过午餐后乘坐地铁往六本木方向走去，这样的话除了可以看见六本木 Hills 朝日电视台前毛利庭园的樱花，更可以顺路走去 Mid-Town 浏览 Mid-Town-Garden 的樱花路径。

在这个新兴的都会城中城享用了小小奢华的下午茶后，再贪心一点的还可以继续转地铁去新宿御苑看暮色中的樱花，或是前去九段下的千鸟渊看夜樱花也不错。不过要去这两个区域，在樱花满开季节中，就要有人挤人的心理准备。

Milly 的私家推荐是靠近赤坂附近的スペイン坂（西班牙坡道），人不算多，可是夜樱很美。

以上就是 Milly 东京都会赏樱固定路线，是一个沿路风味各自精彩，可以在赏樱之余享用美食同时体验东京都会时尚的路径。

但这美好路径必须建立在樱花满开的前提下，如果樱花不开或开得不能让人满意，那精彩度自然就会大大减低。

3 月 27 日 Milly 的东京都会樱花带队路径，在樱花没能配合演出只达到五分开至七分开的情况下被迫应变，将路径转为以都会新据点探访美食体验为主，赏花为辅的行程。

3 月 27 日之后 Milly 按捺着心情，不刻意追寻樱花的进度，只是暗暗给东京的天气打气，希望能够持续高温，唤醒樱花树内的精灵该吹口气让樱花满开了。

3月31日跟以赏樱为主要行程的Ling会合之前，的确也在一些东京游晃路径上巧遇樱花满开。Milly自己是很喜欢这样，不经意巧遇的樱花突然就迎面而来，让你独享着那粉红花海下的幸福酩酊感。

只是若是专程来赏樱的游人，却似乎唯有置身在那一大片淡粉红的樱花名胜中，才能安抚那长久以来对满开樱花的渴望。

3月31日会合当日天色已晚，第二天立刻往相对来说开花状况较好的目黑川奔去，只是让人扼腕的是目黑川两侧樱花大部分都依然停在七分开中，也就是粉红色花海云无法完美连接，会被一些还没展开的花苞给阻挡着。拍照是可以躲掉一些未满开的缺口，但肉眼看去就难免会贪心地以为还不够完美。

不过川边的店家早已耐不住期待地推出了各式各样樱花套餐，也都增加了露天赏花座位。就这样，Milly和朋友各点了一杯红酒和白酒，以眼前的樱花树为下酒菜，度过了悠闲的下午时光。

4月2日继续朝圣另一个东京樱花名胜——吉祥寺的井之头公园。这里的樱花同样是在满开前、不上不下的状态中，赏樱人潮倒是完全达到顶点，往公园的小小路上人挤人，各餐厅一位难求，排队买烤鸡串去公园湖畔赏樱的队伍更是长长蔓延着。公园内就更不用说，几乎每个角落都被情侣、学生团体、公私团体、外国人团体、家族团体给占据。基本上Milly不那么喜欢在这样欢愉喧哗的气氛下赏樱，不过还是不能免俗地买了酒精饮料和糯米丸子，在好不容易找到的樱花树下空位体会那“花より団子”[1]的赏花趣味。

4月3日赏樱两人小组继续锲而不舍前往Milly在东京樱花名胜中最喜欢的千鸟渊。即使为了避开人潮在一早9点多就到达，带着相机的摄影

注1：花より団子即花样丸子，发音同花より男子（日本漫画《流星花园》的日文原名）。

爱好者和观光客、赏花游人也已经涌现，要挤出一个拍照的好位置非得下点功夫。不过比起中午过后，这点人潮真的还是小意思。

建议如果要前往千鸟渊赏樱，愈早愈好，否则有时甚至连移动都很困难。Milly 以为如果时间只足够去一个东京赏樱名胜，那千鸟渊就是唯一的推荐。

这里的樱花气势和密度以及周边衬托的景观都是极佳的，而且不用门票！也就是说，即使天一亮就前往也可以看到樱花，没有“新宿御苑”那种

樱花名所的樱花

4 月 1 日目黑川边七分开

4 月 2 日井之头公园未满开

入园时间限制。

4月3日这天是东京宣告满开的第二天，樱花算是满开了，但是！其实离全部满开真的还差0.5左右，真的只是差那么一点点。4月4日和5日才算是最佳的赏花日。

4月3日千鸟渊差0.5满开

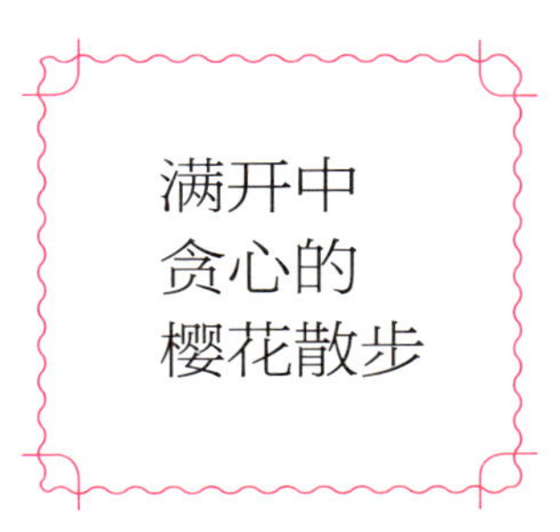

满开中贪心的樱花散步

樱花的美是不容以迟疑的态度去面对的，满开了就要在樱花满开的路径上奋力前进，毕竟樱花的美是转眼即逝的，那消逝前的绝美是如此短暂，因此让人迷恋。

4 月 4 日买了一张东京地铁一日券。
从新宿出发，在荻洼下车，随兴游晃时在老铺日本料理店边发现了那日的第一株樱花，以白色的一面墙衬托着，不是樱花名所，却是让人忍不住脚步停下来驻足凝望许久的一株日常樱花。

去东京车站，跟友人吃了午餐后，继续转换地铁前往本乡的东京大学。
在东京大学的安田讲堂前爱上了一株深粉红的垂樱，用每个角度去观看和赞赏着。不预期中一见钟情的樱花，不知为什么总是让人心动。
从东京大学离开，在本乡和春日间老街区探索着猫咪路径，拍到了老屋前跟 Milly 同样在初夏下午散步的猫咪身影后，就继续转车前往神乐坂。
过了神乐坂后再转往月岛，这行程看似很曲折，其实主题就是下町老街的巡礼。

月岛是第一次前来，本来是想试试月岛烧，但是每间月岛烧店都充满了情侣、家族和朋友的欢乐声，Milly 一个人真的很难走进去。
好在巷弄中发现了闻花的猫咪，更看见了月岛、佃岛这段隅田川沿岸的樱花，真的都很绚丽耀眼，蔓延成一条樱花步道。
尤其是佃岛附近的佃公园，更让 Milly 看见了不同风味的樱花景致。

东京大学安田讲堂的垂樱

在高楼大厦环绕下静静占据了一个角落，仿佛时空停滞的江户风情渡船码头两侧恣意盛开着樱花，而河渠上的红桥那端像是随时会走出一个古代人一般。

（顺便一提，这佃岛原来是日本乡土料理“佃煮”的发祥地。）

4月4日的下町散步mix沿途樱花之旅，就在月岛的暮色下暂时画下句点。

江户风情的月岛樱花

4月5日更改战略，不买惯常进行樱花探访时必定运用的东京地铁一日券，买了一张都营一日券，改用都营巴士、都营地铁以及都营路面电车等来走一条不同的樱花路线。

首先从新宿搭乘都营新宿线到达九段下，贪婪地再次留恋东京都内最爱的千鸟渊樱花。

比起4月3日，4月5日的樱花总算真的称得上是百分百满开。漫步在环绕着武道馆的华丽樱花道上，在充分满足于樱花云下的优雅和愉悦时，不禁也开始觉得有些遗憾，要是专程来看东京樱花的Ling和Evelina母女三人也能看见这美好的樱花景色，他日谈起樱花就有了共同的美好回忆，就更完美。

结果这回东京之旅一路加入同行的游人中，能看见绝对满开樱花的似乎也只有 Milly。

到九段下的千鸟渊赏樱，除了需要具备好脚力去贪心走完一趟一路精彩费时二十多分钟的樱花道外，更要记得让相机保持充足电力，毕竟看见那排山倒海而来让人目不暇接的缤纷樱花路径，很难克制手指头不去按下快门。

千鸟渊的百分百满开樱花

这天虽以赏樱为主题，但没事先规划路径，毕竟不是第一次在东京追逐樱花，脑子里早有张东京樱花地图可以随着心情去调配。
像是离开千鸟渊又去了靖国神社看那屋台前的樱花树后，发现一旁有巴士可以前往搭乘都电荒川线的沿线车站，利用这地面电车可以前往未经验过的樱花名所飞鸟山，于是没多犹豫就搭上了“饭 64”巴士出发。
这天几乎是每个东京角落都盛开着樱花，透过巴士车窗也能不断看见路边的樱花，有的樱花甚至像是要开进巴士内一般地贴近，果然是一个樱花日和天。

巴士还没到达预计下车的“甘泉园公园”时，Milly 因为从窗外看见神田川满开的樱花，完全按捺不住雀跃的心情，就在前一站“グランド坂下”途中下车了。

樱花密度堪称东京第一的神田川樱花

踏上神田川河道上的桥，一看忍不住惊叹起来！

两岸满开樱花呈现的粉红花海简直像是要泛滥似的，樱花枝干往河道中央延展，更让视线中完全没有樱花不完全的角落。

千鸟渊的樱花的确绚丽，但要说樱花的粉红密度，这靠近面影桥的神田川樱花却堪称第一。

樱花布局的空间感完全不输给深受东京都会男女溺爱的目黑川樱花道，可惜的是这段川边两侧不像目黑川边有许多个性的餐厅、咖啡屋和商店，散步的乐趣少很多。后来才知道，原来大家熟悉的井之头公园樱花名所，其水池正是这神田川的源头呢。

充分品味了神田川樱花后，在一旁的面影桥站搭上都电荒川线，在中途下车的“庚申塚”站内和风茶点店いっぷく亭，吃了份应景的樱花季限定樱花风牡丹饼（或可称为荻饼）后继续前往飞鸟山。

不过说真的，期待中的都电下町樱花名所飞鸟山公园，还真的不能得到 Milly 的樱花欢心，因为真的太普通了，太公园，太观光，樱花的气质都变得混乱了。
那天公园内举行着樱花游园会，到处是小贩摊位，舞台上有学生的表演，很热闹欢愉，但让人定不下心来赏樱。

不过在飞鸟山公园，有个拍摄主题却不能错过：所谓从天桥拍下“电车 mix 樱花”的经典画面，一年中能拍到的日子不到四天。
任务完成后一刻没多停留，继续搭都电到“熊野前”站，在此换搭“日暮里・舍人ライナー”（liner）前去日暮里。

一年中只有四天能拍到的“电车＋樱花”经典画面

大家大约也注意到了，光是到这阶段，Milly 就已经换搭了都营地下铁、都营巴士、都电和日暮里・舍人ライナー，700 日元一张的都营一日券真的很赞。

到了日暮里后，按照路标指示穿过谷中灵园前去谷根千区域。
先别被谷中灵园的字眼给吓到了，如果是平常的晚上，Milly 也没胆走这路径，只是大白天加上樱花满开的日子，这谷中灵园可就化身为樱花名所，跟青山墓园一样。
墓碑和墓碑间是一株株雄伟壮丽的樱花，看起来很绝艳凄美。
之后随兴散步到了千駄木车站附近午餐，体能大增后继续搭乘“上 58”巴士线前往上野车站。

谷中灵园中的墓园樱花

上野公园游客较少的不忍池边的樱花

同样的，在途中看着车上的路线图，决定提前在“池之端之一”下车，如此便能巧妙地避开上野公园的人潮，从公园另一端不忍通入口进入公园内不忍池边上的赏樱步道。
没想到这灵机一动的提前下车真是大正解，如此不但可很快到达连接“不忍弁天堂”的樱花道，也可相对悠闲地赏樱花。
真是不比较不知道呢，一般来说，游客大多都是从上野车站出来经由阶梯往动物园和清水堂方向前进。这清水堂和上野动物园间的确有一条非常壮观的樱花道，可是人潮也真的是非常多，在满开时节甚至寸步难行。

很多人都必须把相机举得高高的才能拍到樱花，如此看樱花真的是太伤神了。相反地，不忍池畔的樱花步道气势完全不输给清水堂前的樱花道，赏花人潮却没那么拥挤。
不过即使是这样，当 Milly 品味过不忍池畔的樱花后，还是要奋力从弁天堂前被小贩包围的步道，寸步难行地走去上野车站旁的入口。很夸张的人潮，世界各国的游客都有，Milly 真的怀疑在这样混乱的情况下，各国观光客真的能体会到美好又神秘的樱花情绪吗？

在上野车站前搭乘"S–1"观光巴士（是第五种交通工具，还是同一张一日券）前往"浅草雷门"。到浅草雷门不是为了看雷门，而是去附近一家周六周日才开的咖啡屋。在这秘密咖啡屋喝完咖啡，继续搭乘"S–1"观光巴士前去"两国"。

在两国换乘都营地铁前往"大门"，从大门走到日本桥附近搭乘丸之内循环免费巴士到达东京车站（Milly 可是免费巴士达人喔）。

之后在东京车站丸之内口前搭乘"东 98"巴士，前往目黑车站附近的"权之助坂"，再从这里的目黑川畔一直走到靠近中目黑车站的目黑川。

一直走不会很辛苦？

因为沿岸都是美丽的满开樱花，如此慢慢地闲晃，不但看见了暮色中的目黑川樱花，也拍下了很少体验的目黑川夜樱，以此作为 4 月 5 日满开樱花的东京巡礼终点。

第二天依依不舍地离开东京满开的樱花前往轻井泽。轻井泽的樱花还在冬眠阶段，很遗憾樱花情绪没能联结起来。

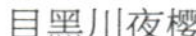

目黑川夜樱

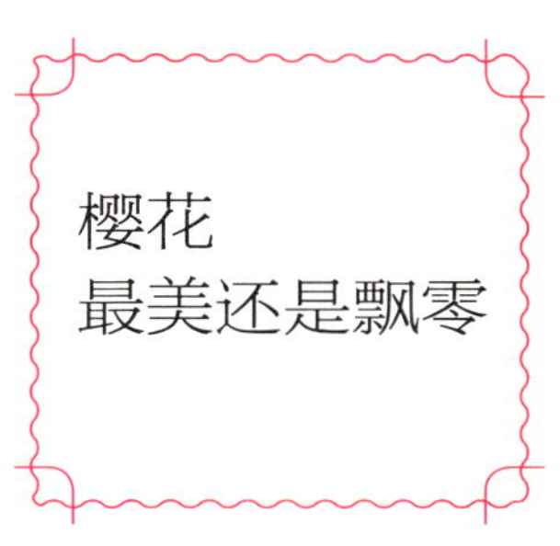

樱花
最美还是飘零

4月8日结束了轻井泽假期，下午3点多返回东京预约的旅馆，放下行李，一分钟也没多停留地立刻转车到达世田谷区的“用贺”。对Milly而言，东京的樱花假期如果少了用贺的砧公园，就真的很难称为完整。

离开不过两日，东京樱花正迅速飘零中，在前往砧公园的路上看见整个东京都飘散着樱花瓣。真的不夸张，似乎连空气都粉红了起来，同时也开始担心起砧公园的樱花状态。

匆匆前往看见了广大草坪上那熟悉的枝干垂在地面上的巨大樱花群，才总算安心下来。的确，樱花已经离开了满开的状态，但却进入樱花最绝美的阶段。

一阵风起，樱花瓣就这样从高大的樱花树上飘散下来，站在樱花树下就仿佛置身在樱花雨中。要不是天色渐暗，Milly真的想一直一直站在樱花树下，迷恋那不断飘落的樱花雨。正是这样的景致更让人感受着樱花树的传说，那樱花树具有灵气的传说。

即使如此满足，对于樱花毫不懂得知足的Milly，继续循着《东京生活游戏中》一书保存的记忆，去寻找一条似乎没有终点很长很长的樱花步道。搭上巴士，是奇迹也是灵感或是樱花精灵的指引，这不是很有把握地搭上的东急巴士“都01”，在抵达预定下车的“都立大学站前站”之前，真的带着Milly到了一个让记忆苏醒的地点“八云中央图书馆”，Milly的第一本书《东京生活游戏中》第一版封面上的建筑。

樱花步道地图

冰封记忆一层层融解着，记得那时是在奥林匹克公园赏樱花，然后企图走路前往自由之丘，在路上偶然拍下的一张照片。

而那没有终点很长很长的樱花步道似乎也是同一条路径，这时脑中闪过刚刚从车窗一瞥望见的樱花步道，“或许就是了？”
于是回想着巴士前进的路线，然后反方向走着，同时参考着路旁的区域地图，然后！进入了！
那条让 Milly 记忆深刻当时却没刻意记下名称的“没有终点很长很长的樱花步道”，当踏入的第一瞬间，所有回忆就像是倒带一般地全部浮现。
看看旁边的牌子标明着“みどりの散歩道呑川・柿の木坂コース”。

只是当日的发现是在白天樱花满开时，这天前来却是完全不同的落樱景致。
非常绝美的落樱景致。

砧公园中飘落的樱花雨

重温记忆中没有终点的樱花道

路径上都是粉红花瓣，像是铺上了粉红的地毯。

一直走着一直走着，都是樱花树都是樱花瓣，这条樱花步道真的给人有种永远都走不出仿佛陷入樱花迷径的错觉。

其实真的不能小看这步道，全程走完可是要 85 分钟，4 公里左右呢。

Milly 走着走着，天也黑了！方向也乱了。问了散步的路人才能回到熟悉的“目黑通”上，转车回到现实感的都会。

新宿御苑是在开园后观光客便会快速泛滥的樱花名所，Milly 个人很排斥前去，但是这里却有一个很大的特色，就是樱花种类很多，因此樱花季最早也最长。

旅馆就在新宿，舍近求远硬是不去也未免偏执，于是利用 4 月 9 日旅馆洗好衣服放入烘干机等待的 90 分钟空当，Milly 轻装简便地散步去新宿御苑。在边门的“大木户门”入口等待开园，如此在开园后短暂的十多分钟观光客还未大举入侵的时间点上，独占了享受了相对闲静偌大空间内的新宿御苑樱花，真是难能可贵的奢侈时刻。

拍下了这蓝天为幕倚着临时白墙的樱花木，真美！无法言喻，以这最完美的樱花景致画下这次东京樱花假期的句点。

在开园的十多分钟内独占的新宿御苑樱花

暮色中的目黑川樱花，樱花之旅结束

4 月 10 日转往加州度假，4 月 22 日回到东京时，东京已经远离了樱花季节，进入了“新绿”的初夏。拍下了一张对照的目黑川两旁樱花木，已经是完全完全的叶樱。不过才两星期不到，樱花却已经飘得很远很远了。

越後屋本店
KIRIN
SAPPORO

2

东京
情绪散步路径

谷根千

不是一个地方，

是三个地方

“猫が似合う町”，适合猫居住的城镇。
这是宠物节目《宠物当家》里一个 Milly 很喜欢的猫单元，影片介绍了日本幽静悠闲的城乡角落，窥看那里的猫咪如何随兴地过着日子。
于是 Milly 也开始自己下了定义，猫咪喜欢的城镇就是 Milly 喜欢的城镇。
猫能悠闲过日子的地方，多数有着悠闲的步调。
没有太多的车辆，有穿来穿去的小巷或坡道，有一户户延展的老屋，有缓慢的岛屿港湾或是有大树围绕的寺庙和充满人情的老商店街，像是镰仓、川越、江之岛、冲绳的岛屿、尾道、汤布院，等等。然后意外地，大都会东京也有一些适合猫流连的角落。
其中近年来已经俨然被爱猫一族视为猫探访散步圣地的谷根千，更是最具代表的区域。

谷根千不是一个单独的地名，而是一个靠近上野、浅草和日暮里的旧市街下町区域，是“谷中・根津・千驮木”三个区域的总称。

决定要在 2009 年春天前去东京“混”一个月后，就同时决定这回一定要去探访的路径，谷根千猫散步路径。
只是一方面一个月间朋友来来去去，不好意思拖着朋友一起寻猫，而难得可以一个人在东京闲晃的空当，又未必是适合去探访猫路径的好天气。
只好耐心地等待，终于在 3 月 26 日那天遇见了一个“猫散步日和”——适合去探访猫的春日暖阳好天气，立刻毫不犹豫地出发！

从地铁站“新宿三丁目”上车，利用副都心线先到达“明治神宫前”，再从这里转搭千代田线在“根津”下车。
如果是搭乘山手线，可以在“日暮里”下车，从日暮里慢慢走往谷中银座商店街方向，以此来探访谷根千是很多杂志推荐的热门路线。

出了根津站，首先以根津神社入口为目标前进。

时间还早，既然是探访猫的悠闲路径就不宜焦急，先去在很多日文散步日记中出现的根津神社看看。

转进前往根津神社的巷内，首先看见了一家老铺小石川金太郎饴，在这个果子老铺内，可以买到那种不管怎么切都可以看到金太郎横剖面图案的日式传统糖果。

像这间一样由老夫妇所经营的老铺，在谷根千区域处处可见。不知为什么，看着白发苍苍弓着背依然忙着制作传统口味的老人家身影，总会有种被疗愈、抚慰的感觉，或许这正是老街最大的魅力吧。

之后顺路往根津神社前进，沿路两侧同样可以看见一些老铺，同时也看见一些以老屋改建的餐厅和咖啡屋，心中开始暗暗盘算着这天中午用餐的路线。

小石川金太郎饴

文京区根津 1-22-12
10:00-18:00，周一休
金太郎饴

乙女稻荷神社

根津神社

看见了大红的鸟居，知道已经进入根津神社境内。那天根津神社似乎在大整修，未能真正窥得全貌。不过问题不大，一开始 Milly 的主要目标就不是根津神社的正殿，而是一旁一长条以红色鸟居联结而成的乙女稻荷神社。

穿过重重比一个人高些的鸟居，来到乙女稻荷神社池塘前的高台。

凉风徐徐，非常舒适。

只是稻荷神社奉祀的是狐狸，是多心吧，总以为周围弥漫着神秘的氛围。

因此没多滞留，脚步也下意识地匆忙起来，就着来路返回根津神社入口，下个目标是在一旁的根津鲷鱼烧老铺。

探访猫之前买一只 140 日元的根津鲷鱼烧（根津のたいやき）。的确，在猫喜欢的城区有间有“鱼”的老铺鲷鱼烧店，是很合适的。

根津鲷鱼烧比起麻布十番老铺的鲷鱼烧，红豆馅料似乎多一些，外皮则同样是属于薄皮的。

因为同样是老铺的鲷鱼烧，所以同样吃得到朴实但是扎实的手工滋味。

这间根津的鲷鱼烧店似乎是被称为东京鲷鱼烧御三家之一“人形町柳屋”所分出来的店家，据说刚开始也是叫作柳屋，后来才改名为根津鲷鱼烧。

鲷鱼烧是一种很简朴的下町小食，没有华丽的外表或是料理技巧。
一般来说，在百货公司卖的大多是以特制铁板大量烧烤，皮和馅的口味会迁就年轻人，偏向洋风甜点的口感，皮较松软，有些吃松饼的感觉。
但是老铺的鲷鱼烧大多强调是一只只都下功夫地用传统工具烧烤，外皮的边缘因此大多会有些焦香味，皮会较Q较薄，内馅的红豆会有种不是那么细腻的颗粒感。

Milly 虽爱吃鲷鱼烧，但嘴不很刁，偏爱传统口味，绝不会点那偏门的什么奶油口味、巧克力口味、加了糯米丸的口味，绝对坚持只吃传统的正统派红豆馅。

此外也要慎重强调，要连尾巴部分都吃得到红豆馅，才是及格的鲷鱼烧。
相反地，从尾巴一口咬下去只吃到面皮，那这间鲷鱼烧店就出局了。
至于吃鲷鱼烧，Milly 是从鱼尾巴开始吃的那一派呢，还是从鱼头开始吃的那一派呢？答案是从尾巴开始吃。

连尾巴都有红豆的根津传统鲷鱼烧

根津鲷鱼烧

东京都文京区根津 1-23-9-104
10:30 至卖完为止，周二、五休

那天是店家一开店的 10:30 就去买来吃，几乎没排队，真幸运，因为这可是一间“行列必至”的店家。

有回是假日，当 Milly 坐巴士经过这家根津鲷鱼烧店时，看见了长长一列的队伍，顿时间骄傲起来，哈哈，那天可是没排队呢！

既然是旅人，没有上班的限制，想去老街寻访会建议在非假日，如此不但可以脚步悠闲些、氛围闲静些，同时也较不用花太多时间为了老铺美食排队。

另外根津鲷鱼烧毕竟是热卖老铺，通常在下午 3 点左右就会卖光，在路线安排时或许可以留意一下。

猫町咖啡馆 29

拿着根津鲷鱼烧边走边吃，往鲷鱼烧店斜对角的斜坡路上走去，目标是大名钟表博物馆方位。

沿路充满着吸引人的要素，像是老屋旁早开的樱花透过阳光摇晃着光影的模样，忍不住就停下来，一直看着迟迟不想离去。

然后经过一栋像是艺廊的建筑，一个中年妇女正在外面取景拍照，看来是负责人，里面则是一个进行中的摄影展。

妇人鼓励（或是该说是大力宣传）Milly 进去看看，还说尽量拍照没关系。

里面展示着老街的黑白照片。白墙和黑白照片，整个空间都是黑白的。

继续慢慢爬着斜坡，在大约五分钟后，在这谷中区域发现了第一批猫咪。不过不是真猫，而是在一间咖啡屋的屋檐花棚发现的雕塑，一只白猫妈妈带着小猫三只，正在大探险的模样很可爱生动。

再留意一下，这间咖啡屋正是一间猫咖啡屋，猫町咖啡馆29，或许离开店时间还早，店门紧紧关着。

透过挂着猫咪布偶的绿框玻璃门，往店内探头一望，发现整家店都放满了猫用具猫摆设，果然是间猫咖啡馆。再仔细一看，餐桌上不正是一只活生生的猫咪吗。猫咪瞪着大大的眼睛，对于Milly这贼头贼脑的可疑人物露出了警戒的神情。

后来查看了猫町カフェ29网站，知道这只可爱的猫咪似乎正是招牌猫小空（空ちゃん）。店内有两只猫咪，一花一黑，一只是风一只是空，小空和微风都是很美的名字。

咖啡屋12点才开张提供午餐，店内不时也会举行小型音乐会。

猫町咖啡馆 29

http://cafe29.blog98.fc2.com/
台东区谷中 2-1-22 风吕猫アートハウス 1F
12:00—17:00，周一、二休

虽说原本沿着坡道散步的目标是大名钟表博物馆，但实际到了博物馆前要进去却犹豫了。因为说是说博物馆，其实却怎么看都像是一栋废墟，夸张说的话甚至像一栋鬼屋呢。

于是只从博物馆门前绕过，切入一旁的三浦坂，往下坡走去。才走了一会儿，就看见这被昵称为猫町的区域中最鼎鼎大名的猫屋、猫咖啡屋、猫杂货专卖店ねんねこや。

不过依然是时间还早，店家没开门。

说还没到营业时间倒也不尽然，从资料上看来，这是间猫节奏的悠闲猫专门店，开张时间只有周五、周六、周日和假日，那天是周四，自然没营业。

店门没开，怪阿姨就一如往常，以可疑的行动环绕着店，观察着每个角落。看见了很多可爱有趣的猫标语和路标，像是“猫断注意”，取自横断注意；“猛猫出没”，出自猛犬出没；“ねこ注意”，出自注意儿童之类的。

ねんねこや
http://www.nennekoya.com
台东区谷中 2-1-4
11:30—18:00，周一至周四休

另外还有猫的小神社、猫的地藏，等等。

正在东张西望的时候，发现猫咪！一只老猫正在那木阶梯上晒太阳，一只眼睛似乎看不见。那时不知这猫的身份，只以为好一只悠闲自在的老猫，从那大剌剌的态度来看，应该不是一只简单的猫。
结果上网一查，原来正是店长シンイチ（通称シンちゃん），男生！1997 年出生。
真是太幸运了，不能入内去吃那招牌的猫掌图案咖喱饭，却有幸见到了店长本尊。

另外隔着玻璃还看见一只猫咪在晒太阳，根据外观来看则应该是 2001 年出生的男生ヤマネ・サンキチ（通称サンちゃん）。连同看见的两只猫，店内目前似乎有七只猫。

在谷根千猫散步的一开始就能跟三只猫巧遇，似乎这一天能顺利发现猫咪的样子。谷根千散步继续，离开了ねんねこや，按照手上的散步地图，在到达大忍通り之前先从三浦坂左转，进入言问通，目标是下一个停留点 SCAI THE BATHHOUSE。

在谷中区域有不少艺术空间，诸如这天要去探访的以钱汤改建的美术馆，另外还有日本美术院和朝仓雕塑馆（目前休馆大整修中，要到 2013 年左右才会重新开幕）。

下町民俗资料馆附设展示场

吉田屋本店
台东区上野樱木 2 丁目 10 番 6 号
9:30—16:30，周一休

Milly 首次的谷根千散步路径，虽说第一目标是猫，但是谷根千之所以能列入近日东京下町游最有人气的据点，还是因为这区域在寺庙、下町商店街、老铺、职人（手艺人）、传统美食等主题上也有相当丰富的观光资源。除此之外，像是 SCAI THE BATHHOUSE 这样的置身于老街的现代艺术空间，不但让谷根千吸引了更多的年轻人，欧美观光客也会刻意从上野公园延伸路径来到这里。

在前往 SCAI THE BATHHOUSE 的路径上，会看见很多老铺店家，像是仙贝店嵯峨乃家本店，整个店面的氛围就仿佛是时光在此停滞一般。在 SCAI THE BATHHOUSE 的对面和斜对角，还有一家很有怀旧风味的老铺咖啡屋カヤバ珈琲，以及非常值得一看的下町风俗资料馆（吉田屋本店）。

下町风俗资料馆的吉田屋本店是一栋典型的江户商铺建筑，据知原来是一家卖酒的商铺，原本位于谷中六丁目。在昭和 61 年（1986）之前，这间在当时很气派的店家都还是正常地营运着。之后借着改建的契机，老建筑整个被搬到现在的位置，成为下町风俗资料馆的附设展示场。（附注：真正的下町风俗资料馆位于上野车站附近。）

吉田屋本店完整地呈现了江户时期商家的格局，可以看见柜台、老秤、旧海报、酒桶、工作服、水井等。

在里头东瞄西看真的会很感动，好有味道的空间，相机不管是对着哪个角落，都好像能拍出一张有风味的怀旧照片，更像是一张泛黄的明信片。对于 Milly 来说，这么一个有风情、不禁止拍照又不收门票的空间，怎能不大大推荐呢。

至于 SCAI THE BATHHOUSE 则是大众澡堂柏汤改建而成的现代艺术美术展示空间。要不是围墙上和玻璃门上那些很现代的英文字母，从外头看去，那门面、储水桶和烟囱，就完全还是大众澡堂的模样。

柏汤可是有两百年以上的历史建筑呢。进去之后可以发现，钱汤有着很高的天井，因此可以展示一些很大的现代画作。颇具风味的内部装修保有原来的下町澡堂风情，又融入现代艺术。入场是免费的，请大方进入！

SCAI THE BATHHOUSE

台东区谷中 6-1-23

12:00—19:00，周一、日休

根之津

文京区根津 1-23-16
11:30—14:30，17:30—20:20
周日及假日 11:30—15:00，周一休

离开了 SCAI THE BATHHOUSE，差不多也到了中饭时间，于是再折回根津神社入口，去一间之前在路上发现的赞岐乌龙面店根之津用餐。

本来以为一到就可以进去用餐，谁知尽管不是假日，店门外还是排了队伍，看来真是间受欢迎的餐厅，更增加了绝对要进去一吃的斗志。

等了大约 15 分钟，终于等到第一批用午餐的客人陆续结账离开，得以顺利进入那小小的面店中用午餐。

点了份铺上萝卜泥挤上柚汁的乌龙冷面，一口吃下去，那乌龙面的口感和咬劲一点都不输给在本场四国高松地区吃到的赞岐乌龙面，难怪用餐时间这么多人排队，Milly 甚至也能体会为何有人说这里是东京最好吃的乌龙面。

若是硬要说缺点，就是面的量稍微少了些，不过这也正好给了 Milly 一个再吃一次美味午餐的借口。

菊见仙贝本店
千驮木 3-37-16
10:00—19:00，周一休

吃完午餐，顺着大马路慢慢游晃到千驮木站，然后在此走进三崎坂，一路顺着坡道继续散步。

交叉口的两端，左手边是团子坂，右手边是三崎坂。

团子坂为什么叫作团子坂（糯米丸子串坡道？），有个说法是因为坡道很陡，以往在下雨时，走在上面的人有时会像丸子般咕噜咕噜地滚下来，所以就昵称为团子坂。

走上团子坂可以前往本乡图书馆和森鸥外纪念馆，往三崎坂则可以看见很多颇具江户下町风情的老铺。

沿着三崎坂坡道走，首先在左手边会看见一家散发着怀旧风情、创业于 1875 年的老铺米果店菊见仙贝本店，几乎每一本介绍谷根千的杂志都会以这间老铺为主要的照片，可见这老铺不但是“THE 下町”的象征，在谷根千地区更有着地标般的地位。

有趣的是，来此买仙贝的大多是上了年纪的老客人，游客模样的人则多是在店前拍照留念而已。不过店员似乎早已见怪不怪，也不会刻意闪躲镜头。实际上这间老铺可是很随和的，如果好奇这历史 130 多年的老铺仙贝是什么滋味，即使只买一片仙贝，店家也是很欢迎的。

离开老铺米果店，很快就又被对街的和风杂货屋给吸引，原来是创业于1864年的千代纸和纸工艺专门店いせ辰谷中本店。

いせ辰是东京现存唯一的江户纸艺店，原本是制作团扇和锦绘的百年老铺，进入现代后为了让这传统工艺更能被现代人接受，就改为出售千代纸以及用千代纸制成的手工纸工艺品，美丽呈现出制版印刷的传统工艺。

一张张色彩鲜艳、精巧可爱及华丽古典的千代纸铺放在一格格架上和抽屉内，光是一张张看着，就让人非常愉悦。有的人会买来当包装纸，有的会拿来做纸艺品，更有人只是单纯喜欢那图案，买来放在画框内摆设。

近日老铺更将传承百年的各式千代纸图案转印成布料，以这些布料制成手布巾和各式精巧的和风小物件杂货。

由于这店里以千代纸制成的和风杂货非常有江户风情，因此据说是日本人买来送给国外朋友最热门的礼物之一。

いせ辰谷中本店

台东区谷中 2-18-9
10:00—18:00，无休

江户纸艺店いせ辰

Braserie Fleur
谷中 3-2-2
11:30—14:30、18:00—21:00，周三休

本来在いせ辰买好东西后就要继续顺着坡道去探访一家有猫的咖啡屋，但怎么样都被いせ辰对面的下町西餐厅，那欧风度假小屋般的建筑给吸引，都已经向前走了一段，还是心意一决，转身去那挂着斑驳“Fleur”招牌的餐厅吃当日第二顿午餐。

全名是 Braserie Fleur（ブラッスリーフレール）的这间西餐厅由高桥主厨夫妇经营，有如法国乡村餐厅的内部装修，整体感觉是很家庭的，像是会被附近居民喜爱的熟悉老店，端出的午餐套餐却很正统道地。

午餐套餐 1050 日元起，可以从各式前菜和汤中三选一。然后同样是主食中三选一，配上手工面包，加上自制招牌芝士蛋糕的甜点和饮料，这样的套餐则是 1500 日元上下，要小奢华些，点杯餐酒则不过才 210 日元。

Milly 那天点了海鲜浓汤和以春野菜为主题的章鱼意大利面，两样都非常的好吃。

除了料理可窥见主厨扎实功夫外，据知中年店主太太的亲切招呼更是很多老客人大大赞许的地方。

另外一个特色是周末假日午餐会供应到 3 点，想随兴散步后吃个较迟的午餐，这餐厅是极佳的选择。

乱步
台东区谷中 2-9-14
10:00—20:00，周一休

满足地吃了第二顿中饭后，继续沿着三崎坂向前，探访猫的任务目标是同样在三崎坂上的コーヒー乱步。

基本上光以外观来看，绝对是家 Milly 不会刻意想要去探访的咖啡屋，因为整个店面和进去后看到的内部装修都非常凌乱兼错乱（哈），很像是一个怪老头的狂乱领域。据说这间咖啡屋白天是咖啡屋，晚上则会变身为小酒馆，店名叫乱步，是因为店主喜欢一位日本作家江户川乱步。

但是店主也喜欢猫，这里还有只经常被杂志采访，会戴眼镜的猫，所以即使推门进去的手有点犹豫，最终还是毅然走了进去。

店内除了随处挂放着奇怪的画作和摆饰外，大部分空间都堆放着各式各样的猫杂货，猫的灯、猫的木雕、猫的照片、猫的海报。
然后在一团混乱中看见了！在戴了眼镜的猫海报前，不就有只虎斑猫。可是没戴眼镜，难道是另一只猫？先不问那么多，趁着猫心情还不错，赶快拍下照片，猫咪还对着 Milly 的镜头挤了挤眼。
不过那完全是 Milly 自作多情，原来那天这只叫作りょうちゃん的猫咪似乎眼睛不舒服，不一会儿就一溜烟地躲到屋内角落去了。眼睛不舒服难道是度数加深了？
询问之下才知道，原来这只店猫りょうちゃん已经是店主怪老头养的良介（りょうすけ）第三代，也就是说只要是店主养的猫，都命名为良介，也都要任职楼面经理的工作（虽说没什么楼面啦）。
戴眼镜不是猫咪有近视或老花，单纯是店主个人喜欢文学作品，就作弄着给猫咪戴上眼镜，透过杂志和电视节目介绍，戴眼镜的猫就成了这间咖啡屋比咖啡更出名的特色。如果当天猫心情好，可以要求戴上眼镜拍照，但猫心情不佳就一切免谈。

那天 Milly 跟一位妇人同桌，妇人似乎也是专程来这一带探访猫的。不过慢了一步，没能拍到那不认真的店员良介，妇人自我安慰说没关系，猫基本上在黄昏以后较有活力，她会在黄昏时间再来一趟。

妇人也给了 Milly 一个很棒的情报，在靠近谷中银座通往日暮里方向一条叫作“夕焼けだんだん”（晚霞台阶）的台阶上，到了黄昏时分就会出现猫群，而且几乎每只都当模特儿当惯了，完全不怕镜头，任人拍！

得到了这跟猫有关的有利情报后，看看时间，距离黄昏可能还有些时间，先不慌忙，悠闲地喝杯咖啡。咖啡味道不错，但那杂乱的咖啡屋空间还是很难让人放松下来。

喝完咖啡，本来该往谷中银座方向前进，但才出了乱步，就又被咖啡屋对面杂货屋上所挂的猫咪图案给吸引。

走上前一看，是身兼画廊、杂货屋的咖啡屋 cafe 2Lotus，咖啡空间和杂货空间各自独立。

本来只是对那猫木牌感到好奇，一转身，瞥见门上贴了一张告示：店内有猫咪，如果对猫不习惯的人请留意，此外欢迎进入。

有猫咪？虽说进入一间咖啡屋却完全不喝咖啡的确有些失礼，但因为好奇，还是推门进去。略略张望一下，在不大的咖啡屋空间里并没有看见猫咪的身影，于是更加厚颜地询问里面很有气质的男店员。

男店员（或店长）一点也不以为意，轻轻一笑，手一指旁边说猫咪到隔壁去玩了。

于是再次大剌剌地推开一旁的杂货屋空间，东张西望着，店内居然没人呢！真是自由自在的一间店。过了一会儿，一个很可爱的店员从里面出来，Milly 又问：“猫咪呢？”

cafe 2Lotus
台东区谷中 5-4-14 穴田ビル 1F
11:00—19:00，周三休

同样的亲切笑容，同样的手势一指，原来猫咪躲在古董柜上居高临下优雅地躺着。

这姿态高贵的店猫叫作ラムセスくん，是阿比西尼亚猫。
真的是好漂亮的猫，虽说刚刚在乱步看见的良介也同样可爱，但如果说良介像是不解风情的自由作家，那ラムセスくん就像是慵懒靠在雕花古董椅上优雅的贵族。
ラムセスくん真是好气度，怎么拍都很优雅地不理你，像是这样被注目和宠爱着都是理所当然的。

Milly 逗留了好一会儿才离开，没在隔壁喝咖啡也没买一件杂货，发现不论是咖啡屋或杂货屋的店员，似乎都已经习惯 Milly 这样只想看看猫的不速之客。

依依不舍地离开了有可爱猫咪的杂货屋后，按照地图，从三崎坂横切过去，往谷中银座的晚霞台阶迈进。

就这样巧遇了！才一转入巷内，突然看见了一个大哥哥牵着小弟弟，似乎是刚刚打完棒球在返家的路上。

看着在暮色下两人的背影，那如此自然又如此紧密相握的两个小兄弟的手，觉得那影像真是比什么连续剧都温馨，比什么画作都让人动容。

刚刚还在鬼鬼祟祟穿梭巷弄间探寻着猫的Milly，开始像个动机可疑的怪阿姨，紧跟在两人的身后，不断按下快门，直到两人的身影在那端消失。

在追踪温馨背影小兄弟的同时，来到一道寺庙长长蔓延的墙边。

从墙的那端看见冒出绚丽樱花的一角，如此美丽，像是灵魂都被吸引一样，就沿着围墙走去，由庙门入内。

就这样在2009年3月末的东京春日，邂逅了那个花季第一株盛开的垂樱。

实在是过于耀眼的樱花，让Milly忍不住一直抬头仰望着。透过粉红的樱花看去，那一刻的天空似乎更蓝。

常有人问 Milly 为什么喜欢日本，总是去日本旅行。

Milly 不是爱日本，而是爱旅行，在日本旅行只是旅行的一部分，而这部分则刚好让 Milly 很自在很悠然。

喜欢旅行。

除了可以前往一些憧憬的角落和地方，更因为在这样的旅行中，在偶然的一日、偶然的一个转弯所发生的属于那一刻的影像，那让旅人因此得以“私有”的感动景象。

带着荡漾的感动余波，脚步轻快地往晚霞台阶走去。

散步中在寺庙邂逅了第一株盛开的垂樱

晚霞台阶

才一走上那被称为晚霞台阶的阶梯，很快就看见了一只只慵懒的猫咪在那里目中无人地晒着太阳。
因为真的是挺多的，比想象中多，一时之间还真有些不知所措起来。

这里是进入谷中银座的入口，那天虽不是假日，可也是人来人往，但这些不怕人的猫咪依然大剌剌地在路上晒着太阳翻滚着身体。
有人拿出相机拍照，这些弄不清楚是家猫或野猫的猫咪也不为所动，依然眯着眼，只想睡觉。
果然如在咖啡屋巧遇的妇人所说，这里的猫咪都被拍惯了，不会大惊小怪。
当然偶尔也会有猫咪跟逗弄它们的女学生撒娇，享用小女生那一句句“可爱”的赞美。
据说这里的猫咪大多是弃猫，也因此有着“谷中猫”的昵称。

在这里，在这猫咪爱晒太阳的晚霞台阶，将缓慢的谷根千猫探访日画上句点，或许是最适切的吧。

BX 文化シヤッター

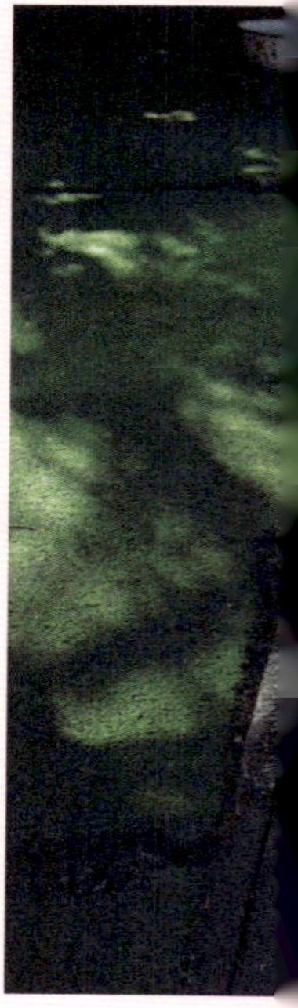

在晚霞台阶晒太阳的猫咪

CONTINENTAL
AKASAKA-V

3

东京的一间厨房和一束花

一直有一个梦想，以日常的步调在东京住宿一个月，来体验东京的日常。虽说以前曾经租过附厨房和浴室的公寓，待在东京两年，但那时毕竟是学日语的身份，还不熟练跟东京的相处，也没太多余裕去跟东京游戏。

Milly 期望中的东京生活游戏是：拥有一个房间空间和厨房空间，可以在厨房内烹调餐食，然后更大的乐趣是去喜欢流连的都会超市或传统市场采买食材。

然后买一束花插在房间内，让这暂时的家染上自己的色彩。

如果可能的话，时间待得更久的话，就买一盆表情清新的盆栽放在窗台边，每天看着它在阳光下的变化。

之后不会把这植物当作垃圾丢弃，而是在离开前的一个清晨，将这株植物移植到某座公园的一角，之后再回东京，就可以循着记忆去探望这株植物。

如果可能，还想买一套床品，铺上那张只拥有一个月的床，有了自己喜欢的床单，这样的床让空间更有家的感觉。

每天的衣物不是从皮箱而是从衣柜里拿出来。浴室里放着刻意买来的橘子香气的、牛奶滋润的沐浴剂。冰箱内有一瓶酒，吐司烤箱边放着吃了半包的吐司面包……想着想着，脑中不断出现着这些画面。

于是曾经很认真地去查过一些提供短期住宿的月租、周租公寓“ウィークリーマンション”（weekly mansion）的网站，虽不用押金和礼金，却又以为过程有些复杂费时，大多需要保证人，要预先汇款，加上清洁费用和电费瓦斯费，未必比附厨房的旅馆来得便宜，另外人不在东京也很难先确认房间的好坏。

后来发现在东京有像“东急 Stay”（东急ステイ）这样附有简易厨房和洗烘干衣机的旅馆，也实际住宿过几回，的确是多了些家居的感觉，却也总觉得不够充分。

说不充分其实也不尽然，更正确地讲法是 Milly 开始贪心地想要拥有更精致的模拟家居空间。

是缘分吧。

本来这回计划以一个多月来品味东京，除了跟朋友同行的部分时间外，也妥协预约了两至三个星期的东急 Stay，让自己在一个人住宿期间能满足家在东京的想法。

但在距离出发不到一个月的时候，发现了 2009 年 3 月在新宿有家欧洲风格的居家风旅馆开张营业，更棒的是开幕期间有开幕特价优惠，一间将近 26 平方的有完善厨房设施、完整的锅具、可以开小 Party 的杯碗餐具、宽大的浴室、沙发空间、书桌、平面电视和 DVD 放映机的双人房加上可无线上网，一个人住宿只要 8800 日元。

活动从 3 月一直延续到 5 月，刚好可以配合 Milly 的滞留期间，于是二话不说，将一个人住宿时的旅馆全改成这间 Citadines Shinjuku Hotel（シタディーン新宿）。

在住宿的第一天晚上，先将衣物书籍放入相对来说很宽敞的收纳柜中，然后迫不及待地去采买食材，同时在站前的花铺买了一束花，插在玻璃杯内放在房间一角的桌上。当站在房间中央环顾这有着小套房规模、以大都会风格搭配家具、几乎是东京 OL 可以憧憬的空间，真的有梦想实现后满满的幸福感。

就是这样，Milly 也因此体验了跟以往不同的东京滞留生活。

那天邀请同在东京住在不同旅馆的朋友来到东京的家开小 Party，两人在伊势丹百货地下美食街花 4000 多日元买了日本酒和下酒的和风什锦，还有烤鸡串、洋风沙拉和凉拌菜等。

将冰镇的日本酒倒入高脚杯中，把菜移到旅馆的碗盘内。

干杯！在东京的夜色中。

Citadines Shinjuku Hotel

玩居家游戏

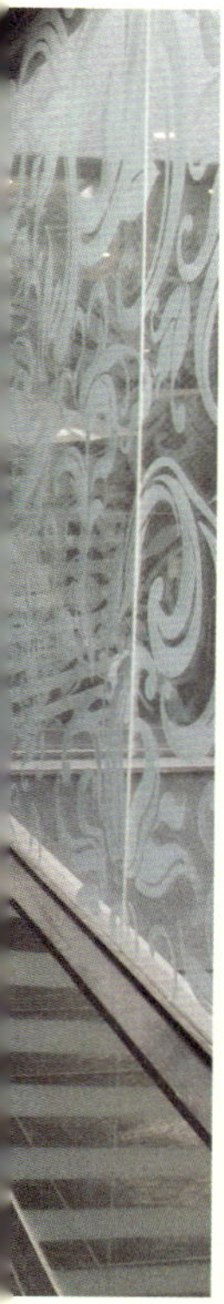

6F
AKASAKA

Citadines Shinjuku

http://www.citadines.jp/shinjuku/index.html

期间也体验了一天有“长期滞在”可能的旅馆“CENTURION HOTEL RESIDENTIAL AKASAKA”（センチュリオンホテルレジデンシャル赤坂）。不同于 Citadines Shinjuku 的欧风简约，这旅馆呈现的是洗练的都会设计风，外观有多层次不规则金属拼贴感，大厅是古典时尚风，各楼层的回廊运用了大量玻璃，非常抢眼，让人印象深刻，房间内则意外地采用了巴厘岛风情的亚洲风味。

据知设计理念是无国籍风情，好在这四个不同领域同时存在却不显得突兀，算是有设计功力？至少让人都忍不住拍下照片来。
房间都设有简易的厨具，有微波炉和电磁炉可以调理些简单的料理，最好的是还有洗烘干衣机，长期旅途中帮助很大。

单人标准房一晚住宿大约是 12500–15000 日元上下，但如果住宿 28 天以上，平均一天的房价就会变成 6300–7350 日元，说划算也真的很划算呢。除了以月为单位预约，当然一天的预约也完全没问题。Milly 这次的住宿就是刚好在网络看见周六的优惠价，于是以低于定价的 10500 日元体验住宿。

センチュリオンホテルレジデンシャル赤坂
http://centurion-hotel.com/

其他以周为单位当然也可以，除了单人房还有所谓的家庭套房，有四张床呢，一家人住宿或许会很意外的经济实惠也不一定呢。

唯一可惜的是，不是每个房间都有阳台，然后浴室不是可以泡汤的浴缸，而是超级富贵版的多功能淋浴设备，可以坐着让四面八方的水柱冲洗淋浴呢，让土包子大大兴奋着。
不过可能的话，一天东走西逛后能泡个香香沐浴精澡，还是渴望的幸福之一，少了这点就少了些感觉。

像是在结束一个多月东京旅途的前一日，东京下着大雨，出去游晃不到数小时就一身湿淋淋的，下午 3 点不到，回到 Citadines Shinjuku 前后住了将近 20 天的房间内，在浴缸放了一大池水，放进牛奶沐浴精，房间流泻着音乐，然后泡壶茶，窝在大大的床上喝茶看电视。那天大雨一直下着，入夜都没停，于是难得地在旅途结束的前一日，没在夜色街道上流连，而是以剩下的食材在厨房做了份简单的晚餐，一个人充分享受着生活般的悠闲。

CENTURION HOTEL
RESIDENTIAL AKASAKA
的洗练都会风

/ handm
made
Hours
8:00 – 22:00
8:00 – 21:00
9:00 – 20:00
Chocolat
Rouge
Cranberry
Tea
Mont Blanc

HSBC
Neyn /
making a one year shop
We will be opening our second shop
at Tokyo Midtown on March 19.
3月19日に東京ミッドタウンに2号店を
オープンいたします。

4

狐狸
黄金色的
面包香

在东京住过两年的时光，曾经充满了各式各样的憧憬，例如在铺上纯白桌布的餐桌上，以质感餐具端出早餐，就算是以扮家家酒的姿态也想去试试看。
的确在一开始也玩了一阵子这样的游戏，甚至餐桌上会刻意放着一篮配色过的水果（哈）。后来慢慢地在日常钝化中，早餐的水果不见了，变成标准化的吐司面包 + 鲜奶 mix 冲调咖啡的固定模式。
去超市采买，固定要花很多心思去判断的，也都是“要买奢侈的吐司还是买 100 日元的特价吐司”、“要买八片切的吐司还是六片切的吐司”、“鲜奶是买有话题的有机鲜奶，还是特定农场的鲜奶或是 100 日元特价的便宜鲜奶”……这些细琐的家常课题，对 Milly 来说甚至比什么日文考试或国际现况更重要。

就这样，在长达两年的东京生活中，Milly 跟早餐吐司都有着密切的合作。大部分的时候吐司上会铺一片芝士，用小烤箱烤得香香的，一口咬下去，芝士会拉出长长的丝，吃了几乎六百天以上毫不厌倦。有时会换换口味，在芝士片下放些香肠片，有段时间更热衷于一种在电视上学来的吐司食谱。就是先用沙拉酱在吐司四周围上四方形的圈，像是围墙的感觉，将一颗蛋打在那围墙内，为避免蛋黄爆破，要先用叉子戳一下蛋黄。
放入小烤箱烤一下，完成后撒上胡椒或香料，好吃。

说了这么一大段，就是要先说明一下 Milly 跟吐司曾经拥有的亲密关系，也借此证明东京的吐司真的好吃，让人吃不腻。
微妙的是 Milly 并不是面包超级热爱者，喜欢的面包大致上就是很简单的吐司以及朴实的红豆面包。

可是这回东京行中，有个超爱面包的老友 Mrs. Hu 同行，于是很难得地首次把目光专注在东京的面包店上，更因缘际会地遇上了日本百年难得一见的面包潮：本土老牌面包屋强化面包品质，欧洲名品面包店争相进驻开店，五星级旅馆的富贵面包开始出现在百货公司地下街出售，强调有机的手工面包在网上大受欢迎，个性化的独立面包工房陆续出现，甚至有人会坚持用自种的麦子做出了超坚持面包，各类杂志更是前仆后继地推出面包专题。

在这一股充满面包香的热潮中滞留东京，因此很愉悦地画出了一条条跟友人们一起体验的东京面包路径，也体会出看似雷同的外表下，一个个面包蕴藏的个性以及每一个面包师傅的坚持。

幸福面包的形式

面包的英文是 Bread，用日文外来语说是“ブレッド”。
但日本人讲面包不习惯用这个英文系统的外来语，而是用葡萄牙文系统的“パン”（pão）。

那幸福的パン是怎样地存在着？
是那刚刚出炉烤得金黄麦色的面包，闻得到阵阵面包香，拿在手上有温柔的温度，然后吃到口中有带着麦香的微甜滋味。
即使是朴实的面包，只要烘焙者放了诚心，一样有这样神奇的幸福的power。

迈入这幸福的门槛不高，只要找到一家可以相信的面包屋，等待出炉的时刻，花上有限的金钱就可以拥在怀里。或许这正是小小的面包让人着迷的原因。

在日本，要去判断一家面包屋是否拥有可以长久信赖的品质，几个关键字一定要注意。
自家制天然酵母、国产小麦、进口特选小麦、面包屋后有烘焙工房、有定时出炉时间、无人工添加物等。
东京面包屋的形式，大致有几种：大型连锁面包屋，例如台湾也有分店的 Yamazaki 山崎面包、创业 140 年的木村屋、伊藤制パン、浅野屋等；另外还有高级饭店内的面包屋、便利店独立发展的面包、海外知名面包屋分店、社区面包屋、自给自足在乡下开设的石窑面包，以及这一两年来突然蓬勃起来的个人化面包工房和所谓网络邮购限定的面包工房等。

面包的类别呢，大致分为日本系统的食パン菓子パン惣菜パン，欧美系统的クロワッサン（可颂）、德国黑面包、法国面包、ベーグル（Bagel）、无国界的サンドイッチ（三明治）以及近年来很风行的健康系统有机蔬菜面包、豆腐面包等。

食パン基本上就是指吐司，或许日本人认为吐司可以每天出现在早餐餐桌上，已经超越了面包的范畴，像是米饭一样的存在吧。
菓子パン通常是指包了甜馅的面包，像是大家熟悉的红豆面包あんパン或是メロンパン（菠萝面包）。
其中惣菜パン最有意思，几乎都是日本独创。惣菜是熟食的意思，把菜肴放进面包内就是惣菜パン，像是夹了炒面或马铃薯饼的面包、油炸的咖喱面包。

还有你可能在日本咖啡屋吃过的ピザトースト（比萨吐司），就是把厚吐司当成比萨皮那样铺上馅料洒上芝士去烤，这也算是惣菜パン的一种。

而三明治虽是无国界面包，把炸猪排和鲜奶油水果变成三明治，大概也是日本独有的；法国面包加上明太子自然也是日式创意面包。

至于常在网站上看见的ハード系パン（硬面包），大约就是指法国面包那一类愈咬愈有口感的硬面包，不同于松软的柔细面包。

东京
パン路径

3月14日到达东京的第一个早上，一大早就去目标面包屋BOULANGERIE A。几乎是决定住在半藏门站前旅馆的同时，就决定要去这家被很多面包通网站推荐的面包屋吃早餐，最关键的原因是这面包屋不仨有自制天然酵母，更是8点就开始营业的“面包咖啡屋”（ベーカリーカフェ）。

BOULANGERIE A，意思是“一家名叫A的面包屋”，店主的意思是，只要在做面包时坚持每一个步骤，做出好吃的面包，店名不重要，忘记了也没关系，只要知道在街角有家好吃的面包屋就好了。

当日在一开店时Milly就进去，成为第一组客人，面包正从烘焙厨房陆续出炉，整个空间都充满面包香。两人各挑了两个面包，然后点了咖啡。之后看见不断有当地居民入内买面包，柜台上也不断推出刚出炉的面包。面包咖啡屋每天营业到下午6:30，中午提供七种以上的各式套餐，配上汤、沙拉和咸派等，很受附近上班族的热爱，中午时分店前总是排着长长的外带队伍。

这里的面包不大，口感却都很确实。使用天然酵母而产生的面香，每一口都吃得到。Milly个人偏爱那种实在、不花哨的面包，于是这里的面包在Milly的东京面包榜上自然可以排到很前面的位置。

后来知道饭田桥的 Hive café 正是由 BOULANGERIE A 规划的新形态咖啡屋，看来下回到东京又多了一个可以探访的地方。

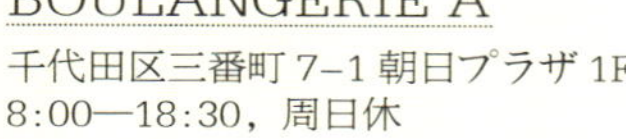

BOULANGERIE A

千代田区三番町 7-1 朝日プラザ 1F
8:00—18:30，周日休

BOULANGERIE A

3 月 15 日在前往镰仓一日小旅行前，在东京车站地下一楼 GranSta(グランスタ) 内的 BURDIGALA EXPRESS 吃个面包早餐。

在察觉东京面包话题店倍增的趋势后，Milly 就决定如果有可能，每天都要在有想法的面包咖啡屋吃早餐。

那 BURDIGALA EXPRESS 的想法是什么？

BURDIGALA 集团旗下有面包屋 Boulangerie BURDIGALA、法国餐厅的 BURDIGALA CAFÉ 以及目前在京都车站和东京车站设有店铺的 BURDIGALA EXPRESS。

BURDIGALA EXPRESS

Boulangerie BURDIGALA 面包屋的旨趣是仿佛位于巴黎街角的面包屋，定位是提供品质比日常更往上提升一些的面包。

BURDIGALA EXPRESS 位于繁忙的车站内，想法就是让上班族或旅人即使在匆忙的脚步中也能利用外带吃到讲究品质的面包及咖啡。
虽说是主打外带，店内还是备有一定的桌椅让客人能稍做歇息，坐下来吃份早餐。

好在即使在这样一切都被快速包围着的面包屋内，还是吃到了坚持不同面包用不同麦子不同发酵时间的高品质法国乡村面包、水果面包、野菜面包。
那天以颜色为选择重点，南瓜红萝卜面包、抹茶面包、梨子酥皮面包、黑豆面包，都很好吃很有口感。

BURDIGALA EXPRESS

JR 东日本东京駅構内 B1F グランスタ
7:00—22:00，无休

3月16日住宿在银座地区，因此这天带着阿tan去体验一下位于银座二町目（银座マロニエ通り）上、之前常去的咖啡屋ST-MARC CAFÉ（サンマルク・カフェ）。

可是一去，唉，店面有微妙的不同，最爱吃的红豆面包没看见，取而代之的是在店面现烤的可颂系列酥皮面包，店面招牌也多了一个可颂面包的图案。

不过，更正确的说法或许应该是，十胜红豆面包还是有的（那天刚好卖完了，或是还没烤出来），只是更强调现烤的可颂系列面包。

CHOCO CRO
サンマルクカフェ
ST-MARC CAFÉ
SINCE 1987
CHOCO CRO
CHOCO CRO
サンマルク
カフェ
モーニングセット
300円
350円
360円
440円
800円▶780円
CHOCO CRO

跟一般的咖啡屋不同，这里提供的面包不是从工厂做好后再运送到店内，而是坚持在店内也就是在柜台后方客人可以看见的地方用远红外线烤箱现烤出来，所以每个面包都是热热的，入口酥脆又松软，不会有放置太久的油腻感。

价位却很平价，面包加上现煮咖啡的早餐套餐不到 400 日元。

CHOCO CRO（チョコクロ）是这间连锁咖啡店在 2005 年推出的新产品巧克力可颂，松脆酥软的可颂夹了巧克力酱，当年造成了极大的风潮，电视节目更是争相报道，或许就是由于这个原因，店面招牌上就都有了 CHOCO CRO 的字样。

不过那天两人都没点那 CHOCO CRO（当时不知道那是招牌面包），而是各点了香肠面包卷和奶油酥皮面包。

咖啡不错，面包好吃，远远超出这类自助式连锁咖啡速食屋的水准。

ST–MARC CAFÉ
东京都中央区银座 2-7-11
7:30—22:00，无休

面粉主义

3月17日至18日下午前稍微偏离面包香，空着旺盛的面包胃去迎接大面包迷Mrs. Hu，但即使是这样，在这的40小时内依然跟面粉密切相连。

3月18日在超宽敞的房间内，以前一日在自由之丘蛋糕名人辻口博启的モンサンクレール（Mont St Clair）买的樱花色饼干、在自由が丘ロール屋买的樱花主题蛋糕卷，配上日本知名料理生活家栗原はるみ企划的奶茶布丁和旅馆冲泡咖啡，完成自己的做作早餐，一个关键字很多的人气甜点早餐。

之后沿着赤坂通一路散步去东京新美术馆。才转入赤坂通就在街口发现一家外观非常清新亮丽的Neyn，还以为是家杂货屋，探头窥看才知道原来是甜点屋。
那天其实早就用过午餐也喝过咖啡吃过甜点，却还是完全抵挡不住这家甜甜圈屋散发出的甜蜜气息，推门进去。

是间新形态的甜甜圈屋，Milly自己定义这是间精品甜甜圈店。
这欧风甜点屋提供的甜甜圈完全突破甜甜圈的大众化印象，强调纯手工，主张采用巴黎高级蛋糕屋也使用的顶级小麦粉，做出讲究食材和纤细口感的甜甜圈。造型虽然还是圆圈圈，但却非常华丽，在一个个玻璃罩内的甜甜圈就像一个个精致的音乐盒或陶瓷装饰品一般，让人每个都想拿在手里把玩。

Milly 选了裹着白巧克力、覆上夏威夷果和草莓干、淋上焦糖的甜甜圈，华丽不失典雅。

如果依口味偏好，Milly 或许会选外表较为低调的经典款甜甜圈，但实在挡不住那鲜艳色彩的诱惑，就放弃味觉选择视觉。

好在吃到嘴里的味道很有层次，不会过于甜腻，口感也是 QQ 的。

店内装潢也很值得留意。由于一般人习惯把甜甜圈跟美国画上等号，所以甜甜圈店都着重美式的欢乐气氛，Neyn 走的却是低调简约又带点甜蜜感的风格，整个店面以纯白为基调，没有过多的装饰，空间明亮舒适。

这样甜蜜气息的欧风甜甜圈屋，让人容易以为是女生开的店。谁知道店主却大有来头。他是乐天旅行前社长，学历更是东大法律系毕业、德国汉堡大学博士，在证券公司当过高级主管，似乎很难联想到甜蜜的甜甜圈。

Neyn

东京都港区赤坂 5-4-8 1F

8:00—22:00，无休

18 日下午 3 点跟大面包迷 Mrs. Hu 会合，在 Milly 的坚持下先忍住不去面包咖啡屋下午茶，改成去旅馆附近赤坂サカス内的 CRÊPE 法式薄饼店 BREIZH Café CRÊPERIE（ブレッツカフェ クレープリー），目标是那佐着薄饼饮用的苹果气泡酒。

多年前在欧洲旅行，前往法国古城 Dijon，由住同一间青年旅馆的美国女生带去附近的 CRÊPERIE 薄饼餐厅用餐。

不是那种路边外带的小摊子，而是从前菜主食到甜点都用 crêpe 小薄饼呈现的餐厅。Milly 对法文一窍不通，要不是那美国女生带路，根本不会进入那样有特色的餐厅，所以整个过程都印象深刻。即使是多年后的现在，Milly 都还记得那家庭料理店的装潢和店主的小孩在地上爬的模样，以及那放了芝士的前菜薄饼、放了菠菜和火腿的主食薄饼和放了果酱的甜点薄饼的滋味。

印象最深刻的还有那配着前菜饮用的苹果冰酒，入口滑顺又甜蜜。

正因为如此，当看见 BREIZH Café CRÊPERIE 店头菜单写着下午茶时间有“苹果气泡酒＋甜点薄饼”时，就怎么也不想放弃这去重温回忆的机会。

BREIZH Café CRÊPERIE 的官方网站居然是法文，完全看不懂，好在可以点选日文版本。更让人惊讶的是，其实创始人开的第一家薄饼餐厅居然是在东京神乐坂，店名是 Le Bretagne（ル ブルターニュ），开业于 1996 年，是日本第一家法式薄饼餐厅。
之后才又回法国开了 BREIZH Café CRÊPERIE 一号店，并从 2005 年开始陆续开了横滨店、川崎店、新宿店，2007 年巴黎店开张，赤坂这分店则是于 2008 年开业。

有人习惯把法式薄饼视为法国的可乐饼，但还是有一定的差异。主要的差别在于法式薄饼是法国布列塔尼的乡土料理，饼皮是用荞麦粉制成。
BREIZH Café CRÊPERIE 提供的正是这样的布列塔尼乡土料理，但毕竟是

法国布列塔尼法式薄饼加苹果冰酒

在东京，多少也会做些调整，外形比 Milly 当年吃过的精致很多。

Mrs. Hu 肚子有些饿，于是点了 1680 日元的ガレット・スペシャリテ ~ プロヴァンサル，放了有机蔬菜、蛋和火腿，配上红茶。Milly 点的是 980 日元放上香草冰淇凌的甜点薄饼カンペロワーズ，配上有机苹果气泡酒。下午茶时间是以套餐形式点餐，价钱较划得来，晚餐时间光是カンペロワーズ就要 980 日元，苹果气泡酒则是 550 日元上下。

或许是因为有这样的特惠，下午茶时段店内坐满了女客人，Milly 则再次回味到法国荞麦薄饼配上久违的苹果酒滋味，幸福满满。

BREIZH Café

CRÊPERIE

赤坂 5-3-1 赤坂 Biz タワー 1F
11:00—23:00，不定休

大都会面包屋

以往因为工作关系出差东京时，常住宿在赤坂见附的赤坂 Excel Hotel 东急，对旅馆周边算是熟悉，但也同时有两点小小的不满，就是往返机场只能搭机场巴士才顺线，还有赤坂见附地铁站后方的饮食街有些杂乱。

好在近年来赤坂见附周边多了些精品旅馆，2008 年春天更出现一个以 TBS 电视台为中心的全新复合式商圈赤坂サカス（赤坂 Sacas），让这个区域风貌焕然一新，Milly 滞留这一区的意愿也高了许多。

3 月 18 日至 23 日的住宿期间，在赤坂サカス区内消费了各种形态的餐饮店，满意度都很高，早餐午餐晚餐下午茶都有好选择。

以早餐来说，因为区内有很多商业大楼，顺应上班族需求，很多连锁咖啡屋、面包咖啡屋都在七八点间开始营业。

3 月 18 日依照事前勘查的路线，前去赤坂サカス的话题面包屋 Le Boulanger Dominique SAIBRON 赤坂店（ル・ブーランジェドミニク・サブロン）吃早餐。

Le Boulanger Dominique SAIBRON 是在法国巴黎颇负盛名的面包店，主掌这面包屋的是巴黎近年来备受瞩目的面包职人 Dominique SAIBRON。据称很多米其林三星的餐厅都指定使用这家面包店的面包，多本美食杂志和导览书也都做过推荐。

不过 Milly 在说这家面包店的美味指数前，要先推荐大家看看这店面完全不同于传统面包屋的装潢。

首先，不是很宽敞的店面采用了挑高设计，屋顶造型像是欧洲教堂的圆顶，而圆顶下是环绕着的面包架。

有趣的是，有些面包高高地放在面包架上，根本是人伸手够不到的高度。别以为那些面包只是用来装饰，其实只要动一些机关，高处的棚架就会移动，店员很轻松就可以拿到面包。

这里的交易是在巴黎常见的面对面出售模式，就是要什么面包就指给店员看，店员再取出包装。坚持这样的出售方式是希望店员跟顾客能多些交流，店员也可以透过交谈推荐今天的面包，解说每个面包的特色，同时知道顾客的喜好。

至于面包大多以法国面包那样的硬面包为主，强调使用严选的有机面粉，以长时间低温慢慢发酵，面包烘焙也坚持在店内进行。
那天 Milly 依然坚持简单原则，买了两个不起眼的奶油味面包，相对比较松软。Mrs. Hu 则买了最爱的肉桂卷面包、可颂和夹了奶酥的面包。
据面包品味达人 Mrs. Hu 的评鉴，这里的可颂和肉桂卷面包很地道。
在店内点了咖啡，一起拿到店外的露天座用餐。如果不想动脑筋，早上也有推荐的“パリの朝”（巴黎的早餐）套餐。

Le Boulanger
Dominique SAIBRON
赤坂 5–3–1 赤坂サカス
赤坂 Biz タワ一别馆 1 F
8:00—21:00（周六日 11:00—），无休

Dans Dix ans 的吐司

日本面包 BOOM 正兴盛，一向热爱法国文化的日本人应该会很期待更多像是 Dominique SAIBRON 这样正统的巴黎面包屋。

其实早在 2001 年 12 月，1889 年创业的法国老面包屋 PAUL 就在东京车站开了一号店，现在日本各大都市也都有分店，光是东京就有九家。Milly 当初在东京看见 PAUL 的分店也是很亢奋，因为发现在巴黎要排队去买的面包屋居然在东京出现了。初次在东京消费的感觉是，似乎店面和面包都比巴黎来得细致些。

同样是由法国知名面粉厂 VIRON 经营的面包屋 Boulangerie Patisserie BRASSERIE VIRON（一般简称为 VIRON）也于 2003 年在涩谷开店，

那全红外观配上白色遮阳棚的店面设计非常抢眼。Milly 个人则是非常喜欢东京车站丸之内口的分店，好天气可以坐在店外的露天座用餐。

PAUL 的大多数店面都以面包贩售为主，但 VIRON 在涩谷和丸之内的店都有用餐空间ブラッスリー（法语是 brasserie，法式居酒屋[1]的意思）。在 9 点开始营业的涩谷 VIRON 吃个 1260 日元的 VIRON の朝食或是パリの朝食早餐，长时间以来都是面包爱好者憧憬的主题。喜欢面包的人应该很难抵抗这早餐套餐五种面包配上六种手工果酱的魅力。

早餐两个人就吃了五个面包，这经验对 Milly 来说还真是难得。不过这还只是东京五天四夜面包主题之旅的序幕，接下来的吉祥寺行程也有面包。

当然小旅行中不可能只有一个主题，以 Mrs. Hu 来说是吉祥寺杂货 + 面包，Milly 则是吉祥寺咖啡屋 + 面包。

于是到达吉祥寺后先一起逛了井之头公园周边，然后就分道扬镳，以各自的主题去散步，相约午餐之后再会合，然后去买面包。

只是 Mrs. Hu 的面包狂热真是不能小觑，午餐也是在站前买了两个面包吃，猴塞雷！

吉祥寺是各项生活机能都极为完备的住宅商圈，自然不乏居民爱用的面包屋。

可是自从认识吉祥寺的 Dans Dix ans 后，在 Milly 心中吉祥寺就只有一家面包屋，由此可看出 Dans Dix ans 在 Milly 面包店排行中的地位。

Dans Dix ans 位于吉祥寺本町，是家外观非常低调的面包屋。

没有显眼招牌，只在入口处立了个小小的画了吐司面包的牌子，牌子上不明显地写着 Dans Dix ans 字样。

面包屋和烘焙屋本身更是低调地藏身在小招牌旁斜坡下去的地下室，如果不知道这是一家面包屋，光从外观判断，一定会以为是画廊或美术馆。

注 1：指日本传统的小酒馆，是提供酒类和饭菜的料理店。

进入自动木门内的空间，映入眼帘的是仿佛小小美术馆的面包屋，展示品正是那一个个刚出炉排列整齐的金黄色土司，以及开放式平台柜上放置着仿佛一个个陶器作品的面包。隔着玻璃可以看见占了大半空间的烘焙屋厨房内，年轻的面包师傅们正辛勤地做着好吃的面包。

在这充满了面包烘焙香气的空间内，大家似乎都只有一个意念，就是买些好吃的面包回去。这是一个因为好吃面包而存在的空间。

Dans Dix ans 面包屋的主旨是：正因为是每天要吃的面包，所以更要坚持品质，恰如其分地呼应了顾客的期待。

Dans Dix ans 由在法国料理界享有盛名的浅野正己料理长所创意经营，面包没有花哨华丽的外观，掌控面包品质的面包主厨木村昌之先生坚持的，是如何将大家在家庭里常吃、最基本的面包以更极致的方式呈现。

所以即使是已经吃过不下数百片数千片的吐司，吃在口里也会发出惊叹：唉，原来吐司可以这么好吃。

面包使用自家制葡萄酵母，绝不掺入任何防腐剂、添加物，放入面包内的蔬果是当季盛产无农药作物。

此外面包不拘泥于面粉，有的面包更会加入荞麦粉，让口感产生意外的变化。

店内没有咖啡空间可以坐下来，但又迫不及待地想立刻品尝。好在店旁就是小小的公园，可以坐下来小野餐。
两人共买了一个杂麦、一个大黑豆和一个芝士面包。
Milly 个人很喜欢那造型很可爱像个小瓢瓜的面包，吃起来口感很Q很有咬劲，另外两个面包也是外皮很酥脆、里面湿润绵密。

就是这样好吃的面包，于是日后或许只要想到吉祥寺，Milly 的脑子里就不单会浮现井之头公园、好吃的牛肉马铃薯饼、怀旧的串烤店，一定还会浮现起这家美术馆般的面包屋内面包美好排列的模样。

Dans Dix ans
吉祥寺本町 2-28-2 B1F
10:00—18:00，周三和
每月第一及第三的周二休

浅野屋面包

东京面包＋杂货之旅继续前进，早餐选择的是 Mid-Town 三多利美术馆旁的面包店浅野屋。

之前好几次前往东京新美术馆和 Mid-Town，在路上都被这位于街角的面包屋光鲜明亮又温暖活络的模样给吸引，就想有一天一定要来到这附设有咖啡屋的浅野家吃个都会早餐。

浅野屋是 1933 年开业、发迹于轻井泽的面包屋。前往轻井泽旧街道时，如果看见一大堆果酱、香肠名产店中有家面包屋有很多人在排队，八成就是浅野屋。

浅野屋的前身是东京千代田区曲町的浅野商店，主要出售洋酒、食品和面包。因为千代田有不少大使馆，浅野商店于是有很多外国人光顾，后来更因应这些外交官常去轻井泽度假，便在那里设立季节性营业的分店。之后随着观光人潮涌进轻井泽，店面进行大改装，开设了跟面包店风格相合的欧风料理店。

浅野屋
赤坂 9-7-3 Tokyo Mid-Town Galleria 1 F
7:30—23:00，不定休

浅野屋 Mid-Town 店早上 7:30 就开始营业，一进入里面，喜欢面包的人一定会像小孩般亢奋起来。

因为那ㄇ字形的柜台上上下下都放着满满的面包，简直像是面包的嘉年华会，一时间真不知该选什么面包才好。

之后 Milly 点了外观很可爱的心形核桃面包，Mrs. Hu 则点了最爱的肉桂卷、夹了芙蓉蛋的面包和类似泡芙的酥皮面包。

浅野屋 Mid-Town 店内装潢走的是时尚典雅风，用餐空间的酒柜上还放了不少香槟、红酒和白酒。早餐买了面包可以加点咖啡等饮料在用餐区食用，更可以点份热腾腾的季节蔬菜汤来配面包吃。

面包屋一直开到晚上 11 点，周末假日甚至开到凌晨 4 点，是一个随时都可以去吃个面包的空间，即使是点杯酒配上一个适合的面包度过夜晚时光也可。

3 月 20 日中午在 Mid–Down 满足杂货采购，搭乘地铁前往中目黑，从中目黑以散步的节奏走到代官山的 EATALY 吃午餐。

主题为意大利市场的 EATALY 内贩售各式各样的进口意大利食材，意大利面、火腿、橄榄油、芝士，然后还有一个贩售意大利面包的空间。

这里的意大利面包不只是意大利面包！
这说法很奇怪？其实是 Milly 想强调这里的意大利面包非常正统，同时野心也很大，希望在贩售面包的同时也能真实呈现出意大利人的食文化，因此除了坚持以薪柴石窑的传统方式烘焙面包、发酵是用跟意大利本店同样的有 40 年以上历史的天然酵母外，更将意大利各省特色面包明显地标明出来。
面包师傅几乎也都是意大利人，企图将原汁原味的意大利面包带到日本。

店内设有レストラン（restaurant）和イートインスペース（Eat–in space）[1] 的空间，可以坐下来用餐。

用餐空间很有趣地设在各个食材的区域内，因此在等着入座用餐的同时就会不由得被那排列得满满的、厚实的面包给吸引。
忍住不去购买，一方面是店内大多数面包都还是以配餐用的硬面包为主，不适合当点心，另一方面也想着用餐时必定会附上面包。
果然点完餐，送上主食意大利面前，服务生先送上新鲜好吃的面包，让客人蘸着风味橄榄油食用。如果没买面包也没用餐却又想品尝，店内面包区大多放着试吃的面包，可以小吃一下，也算是到此一游！

注 1：东京很多面包屋、食材屋、熟食屋网站都会注明是否有イートインスペース。餐厅空间和所谓的イートインスペース有什么不同呢？基本上，餐厅就是点餐餐厅，但所谓的イートインスペース，意思是店内贩售的是可以立刻食用的完成品，同时设有可以坐下来食用的空间。像日本很多百货公司的地下美食区，一些外带的摊位也都设立一些座位，让客人坐下来用餐，逻辑正是这所谓的イートインスペース。同样的，面包屋附设的用餐空间也大多称为イートインスペース，但有时也会称为パンカフェ（bread café）。

EATALY

涩谷区代官山町 20-23
营业时间复杂，请参考网站
http://www.eataly.co.jp/

Delifrance
赤坂5-3-1 赤坂サカス赤坂
Ｂｉｚタワー１Ｆ
7:30—21:00，不定休

Delifrance

3月21日，五天四夜面包+杂货东京小旅行的第三个早晨。

依照路线，这天要搭乘地铁，于是先到与地铁站赤坂站相通的赤坂サカス内地下一楼的面包屋 Delifrance 吃早餐。

Delifrance，看到那麦穗的标志就一定会有“啊！原来是这间面包屋”的反应，毕竟在很多国家都有这间法国连锁面包屋的分店。

只是印象中 Delifrance 的色调大多是法国国旗色蓝白红，这间赤坂分店却是采用较为高雅的咖啡色系，配上灯饰和柔和的灯光，整体感觉温暖很多。7:30 开始营业，面包架上已经摆满了各式各样的面包。

Milly 买的是三明治，Mrs. Hu 照旧难以抗拒地点了三种面包。然后，真的！在日本并不是什么都比较好，但这天吃的三明治和面包，真的比在香港在台北在上海吃的都美味很多。

加上这连锁面包屋的位置就在往 TBS 电视台方向“声光阶梯”的旁边，一早趁着人还不多，选择了靠窗位置，可以看见那声光阶梯不断变化的影像，悠闲早餐时光顿时大都会风采了起来。

之后搭乘地铁前往涩谷，从涩谷换乘东急田园都市线前往三轩茶屋站。

在三轩茶屋首先要去找寻一家很日本风味的面包屋小麦と酵母滨田家。真的是很日本风味的面包店，不光是面包用了很多日本食材，连店面也是由寿司店改装的，所以从外面看，一时之间很难相信那是家面包屋。

推开日式木格子门，意外发现面包屋的空间很小，包着和风布头巾的店员站在面包柜后方，客人选好面包后，就从架上堆满面包的竹篮中拿出面包，放入纸袋中，然后慎重地贴上“滨田家”字样的封口贴纸。

那天买的是红豆馅面包和红豆面包，也就是一个内馅是红豆泥、一个是面皮上有红包。两个都很好吃，口感很特别，是那种很柔软却又很有咬劲的面包，招牌的豆パン（豆面包）除了甜味外还隐约有低调的咸度。包有日本家常小菜炒牛蒡丝和羊栖菜的纯和风面包也很推荐。

没有豪华的外观和招牌，没有大企业当后盾，但滨田家独创一格的风味依然被面包迷默默支持着。

甚至有人这么说过，五个人同时进去就会塞满的小店，开店后一定随时都有人在买面包，如果店内没客人，那大概是面包都卖完了。

小麦と酵母 滨田家
世田谷区三轩茶屋 2-17-11
9:00—20:00，周一休

两个人两个面包一人一半地吃掉，不是很厚重的面包，当小点心很适合，所以还有充分的面粉空间可以去下一家松饼甜品屋 VoiVoi（ヴォイヴォイ）。这家松饼屋非常难找，走来走去迷了路，之前吃下的两个小小面包早已消化。

VoiVoi 是很可爱的松饼屋。
正因为是这么可爱，松饼又非常好吃，所以要有排队的心理准备，否则花上半个多小时排队等位置，实在会扫了兴致。
尤其像那天是周末假日，除了爱吃甜点的女生外，还会有宠爱女儿的父母、讨好女朋友的男孩子，位置不多的可爱松饼屋内大满座，门外更排了很多等着入座的客人。

VoiVoi

“松饼有让人幸福的魔法”，这是店主深信的信念。

的确，当铺上满满水果、放了冰激凌、淋上焦糖的松饼端上桌时，人就仿佛是置身在开满花朵的花园看着微风吹过一般，不由自主地嘴角上扬微笑着。

Milly 那天点的基本款松饼——杂麦松饼（ライ麦パンケーキ），因为怎样都想吃到那烙有 VoiVoi 字样的松饼，于是怂恿 Mrs. Hu 点了满满水果淋上焦糖的塩バターキャラメルとナッツのバナナ・パンケーキ（banana pancake with salt butter caramel and nut），两个人同行就是有这好处。

别以为这里的松饼都只能当甜点吃，看了一下 Menu，还有午餐套餐，是在松饼间放了熏鲑鱼、豆腐和酪梨，铺上沙拉的组合。

非常丰盛的松饼甜点，一份吃下去真是心情满足，肚子也满足了。

VoiVoi
三轩茶屋 1–35–15 1F
11:30—20:00，周二休

Boulangerie et Café Main Mano

3 月 22 日一大早乘坐地铁去代代木上原探访 8 点开始营业的面包屋 Boulangerie et Café Main Mano。

从代代木上原地铁站走过去大约三分钟，店内还在做开店准备，阵阵出炉面包的香气也从一旁的烘焙工房中传了出来。

“Boulangerie et Café Main Mano”，Boulangerie 是法文面包屋，Café 自然是咖啡屋，就是有咖啡屋空间的面包屋。

Main Mano 是主店名。Main 和 Mano 分别是法文和意大利文，都是手工制作的意思，合起来当然就是在宣示这是一家讲究手工制作的面包屋。

店主毛利将人是首位任职巴黎五星饭店面包主厨的日本人，因此店内最受欢迎的可颂自然有其实力。

这样使用的奶油号称以三天时间去熟成，做成的 27 层酥脆松软可颂是这

Boulangerie et Café Main Mano
代代木上原西原 3-6-5 CDR 1F
8:00—20:00，周二休

家面包屋最自傲的作品。

只是 Milly 一向不是那么喜欢可颂，依然凭直觉点了铺有奶酥的面包，配上现煮咖啡，在面包屋附设的巴黎风情咖啡屋空间用早餐。
据说咖啡屋是参照巴黎 16 区的面包屋所设计，整体因此散发出高级典雅的氛围。
店主很坚持法国原味，连店内不断烘焙出新鲜面包的烘焙机也是法国制。
天气好时，咖啡屋会开放露天咖啡座，附近高级住宅区的居民也可以带着心爱的宠物一起来这里用餐小歇。

东京是一座要用来消费的城市，太多新鲜的事物、美食甚至是空间，不断诱惑你去消费。
送 Mrs. Hu 搭上机场巴士后，改由居住在东京的朋友 Miss Chuan 带路前往新丸大楼把酒言欢。喝了酒，吃了好吃的地鸡料理，看看时间还早，在各自回去休息之前，又去了新丸大楼地下一楼超好吃的面包店 POINT ET LIGNE 小歇聊天。可以小歇聊天的面包屋，自然就是所谓的パンカフェ。

说起东京新形态的面包屋，应该没有比 POINT ET LIGNE 的空间更时尚的了。即使是买个面包这样简单又日常的行为，发生在 POINT ET LIGNE 那仿佛是精品店的空间内，就一下子变得很时尚很洒脱了起来。
不过，若光是讲究空间，面包屋的意义就没了。好在这里的面包也不输给空间，具有让人赞赏的实力。

POINT ET LIGNE 在法文是“点与线”的意思。取这店名，是希望以东京这个点，将 POINT ET LIGNE 制作出 Made In Tokyo 的面包美味传送到世界去。
所谓 Made In Tokyo 的面包，是致力于钻研以日本优质国产小麦去烘焙出的独创风味。所以如果你对传统一成不变的面包感到小小的厌倦，在这里一定可以再次获得一些惊喜。
或许说得不准确，但 Milly 个人觉得这里的面包很有禅意，不论是面包造型还是内敛的滋味。

那天 Milly 点的是アンビザー(un bizarre)，有橄榄油风味的长形红豆面包。
Miss Chuan 点的是桂～ katsura，是日本房舍屋檐形状，完全无糖，改以胚芽来显现隐藏的甜味，口感也是绵密中带些微妙的酥脆。Miss Chuan 以红茶，Milly 则以苹果气泡酒搭配面包。
能点杯酒吃面包，也是 Milly 对这间面包咖啡屋好感度极高的理由（笑）。

据说这里的酒单或料理都是由法国料理名厨精挑细选出来的，最能搭配面包。
对了！忘了提 POINT ET LIGNE 的 Eat in 空间不称为“咖啡屋”，而是很洒脱地另外定名为 Bar à Pain（吃面包的 BAR）。

可惜的是这精品级的面包屋在星期一至星期五是 11 点才开店，周末假日也都要到 10:30 才开店，因此不能在这里吃顿幸福的面包早餐。
午餐则有 1500 日元的套餐，是面包配上热汤、沙拉、香肠、芝士以及各式蘸酱。
只是要注意，虽说这里的拿铁颇好，酒类的选择也不少，但毕竟是一家以面包自豪的店家，有不能单点饮料的规定。

POINT ET LIGNE
丸の内 1-5-1 新丸の内
ビルディング B1F　新丸ビル
http://www.point-et-ligne.com/

面包这个东西，对于 Milly 来说就是面包。
最多就是再分出这是法国魔杖、可颂，那是美式 Bagle、甜甜圈，或这是意大利的拖鞋面包那是德国黑面包，日本系列的面包就最爱红豆面包，至于吃得最多的自然还是吐司。

所以看着日文网站上一家面包店洋洋洒洒地列出了一堆外来语面包名称，バゲット Baguette、フォンデュパン Fondue Bread、ド・カンパーニュ de campagne……还真是无从理解（笑）。
但即使不知道这些像密码般的面包名，进入一家面包屋，每一个面包还是会以面包香和诱人食欲的外表去自我介绍。
然后就买下来，一口咬下去。嗯，好吃！这样去跟面包相会，就是最好。

后半段的东京旅程中，住宿在套房规模有厨房的旅馆内，跟面包的关系也从经由パンカフェ（面包屋附设咖啡屋）品尝面包和空间，转换成以采购的形式买个面包或最爱的吐司当早餐。

Milly 一直憧憬的画面是，早上起床冲杯咖啡，将吐司放入吐司烤箱中，然后，“叮”的一声！发出吐司已经烤好的通知。
拿出散发温柔面包香的狐狸金黄色吐司，一口咬下去，就是至福的一刻。

Citadines Shinjuku Hotel 的房间内有一台吐司烤箱，带来实现这憧憬画面的可能，让 Milly 之后出入各个面包店时多了很多愉悦的因子。
真的喔，将吐司面包放入篮子的一瞬间，都会忍不住微笑起来。Milly

Karel Capek 红茶屋

要的幸福其实还挺简单的。

不过，少安毋躁，幸福的吐司早餐要先吃完那可爱的红兔子 scone。

3 月 22 日住宿在赤坂时尚设计风旅馆 CENTURION HOTEL RESIDENTIAL，将罐装咖啡移到咖啡杯中，以微波炉加热，配上特意绕路去吉祥寺一家像绘本屋一样可爱的 Karel Capek 红茶屋买回来的 scone。

当知道 Karel Capek 这可爱的红茶屋是由绘本画家山田诗子开创的连锁店，便不意外整个空间都像绘本般甜蜜又可爱了。
真的是很小巧的红茶屋，很快就满座。那天购买大爱的 scone 时，本想

Karel Capek
武藏野市吉祥寺本町 2-15-18
http://www.karelcapek.co.jp/

坐下来喝杯红茶，这心愿也就不能实现了。

Milly 非常喜欢吃 scone，东京也不乏 scone 专门店，例如在自由之丘就有一间 Picassol 自由が丘店（ピカソル），一整家店都是 scone，让人兴奋。

太喜欢 Karel Capek 包装上的红兔子，只要能提着这放上心爱 scone 的包装纸袋，心里就会很自然地愉快起来，因此虽说离吉祥寺车站有些远，都还是会绕路过来买。

面包屋 Lotus baguette

第一个为了旅馆的日常早餐而采买的面包，是在代官山猿乐町旧山手通上的小小面包屋 Lotus baguette（ロータス バゲット），买的季节限定荞麦色和抹茶色的樱花主题面包。

店内不大，面包自然也不多，一个个姿态朴实的面包谨慎而安静地排在竹篮和木架上。

面包的口感跟三轩茶屋的滨田家很类似，都是甜度内敛，吃在嘴里有很微妙的 QQ 感，或许是因为两者走的都是和风面包路线。

不过比起滨田家，Lotus baguette 的手工感更强烈，有着自家面包的亲切感。

Lotus baguette 是有机餐厅 BOMBAY BAZAR 的姊妹店，自然是讲究每一个面包的材料都要是有机，并且无添加物，同时强调不求省工而让面团经过长时间发酵。

一口吃下那有着樱花的面包，樱花似乎没味道，不，应该是有浪漫的味道！

小道消息是工藤静香也在这里买过面包，就是说木村拓哉也可能吃过这里的面包（笑）。

店前的露台空间放了椅子，店内也卖咖啡，天气好时，买了面包，看看悠闲的代官山人，应该是不错的选择。

虽说店内是淡雅和风，面包屋的建筑却是以不规则玻璃为外墙，特殊的造型非常抢眼。

Lotus baguette
涩谷区猿乐町 29-1
9:00—18:00，周一休

同日黄昏时分在惠比寿的 tea espresso HATEA 喝特殊的茶 espresso 时，在店内也顺道买了用北海道鲜乳制成的牛奶酱，抹在吐司上吃，有点像软软牛奶糖的滋味。
之后在 JR 惠比寿西口アトレ 3F 的神戸屋キッチン买了一包综合吐司，不同外皮和口味的吐司各自一片包成一袋出售。
这对于犹豫不决，不知道该买哪一种吐司的 Milly 来说，真是太好的包装。

神户屋的各类连锁店很多，在便利店内也可以买到神户屋的面包。其中汤种吐司是 Milly 很常去买的吐司之一。
神戸屋惠比寿店营业时间是早上 7:00–21:30，Milly 在东京长期滞留期间跟朋友相约在惠比寿坐电车回去之前，一定都会在这间面包店买面包回去。

对于神户屋面包的印象是没有很大的惊喜，但是绝对不会有失误，有一定水准的品质和好味道。
没有过多的销售手法或可以大声张扬的历史，但光是位于车站入口边、营业时间长、面包种类多、价位合宜等优点，就很容易列入爱用好用的面包屋名单中。因此不论什么时间，都有人排队买面包。
虽然脚步会被有话题的面包店情报牵引着，但日常中更需要这么一家可靠的便利面包屋。

之后搭车回新宿，返回旅馆前还顺道在 24 小时超市买了综合野菜汁、咖啡牛奶、酸奶和苹果，采买完成。

第二天在有厨房的旅馆房间内吃早餐，把牛奶酱涂在烤得金黄的吐司上，配上酸奶、牛奶咖啡。很有家的感觉的早餐，配菜是晨间新闻，很日常的情景，却也是憧憬的画面。
隔日的早餐，吐司 + 牛奶酱 + 酸奶 + 咖啡 + 加入一整个苹果的沙拉。

前去谷根千散步，在谷中银座商店街跟一家很有下町风情的面包屋一见钟情，面包店名是明富梦，店主要传达的是透过美味的面包让大家都能拥有乐观而丰饶的梦想。

这店名还有个很有趣的联想，就是明富梦的发音是“あとむ”，英文发音 ATOM，也就是大家熟悉的铁臂阿童木，留意一下可以发现在店内一角默默守护着满室怀旧风面包的铁臂阿童木。

在旅馆自制早餐

明富梦面包

Milly 个人的猜测，其实店主根本只是单纯地喜欢铁臂阿童木，才将店名取得那么拗口。

不过别以为店主只是充满玩心，面包却不怎么样用心。打开明富梦的网站，可是洋洋洒洒写满酵母、制作过程甚至是烤面包机的种种讲究和追求，而烤面包的石窑居然是利用富士山的熔岩制成的熔岩窑。

更依照不同系统的面包去使用天然酵母或海洋酵母，店主的一段话更是点出面包师傅的根性。

“烘焙面包最困难的一点就是如何每天做出品质不变的面包，因为美味面包主要因素之一的酵母是有生命的活体，气候湿度不同，发酵度也不同，面包师傅如何去跟这有生命的酵母对话，正是最大的课题。”

短短的一段话，完全显现着店主对面包的热情。

这里的吐司是店内的热卖商品，特色是面包皮很薄，里面则是很滋润柔软，一口咬下去浓浓的酵母香。

明富梦

台东区谷中 3-11-14

10:00—19:00，周一休

DALLOYAU
都杉并区上荻 1-7-1 ルミネ荻洼店 1 F
10:00—20:00，无休

DALLOYAU 银座店

那天很早出发去荻洼散步，才出车站就看见一家面包店内那排列得架势十足的吐司面包，仔细一瞧，是本店在银座有两百年以上历史的老牌面包屋ダロワイヨ DALLOYAU。

说是有两百年历史，可能还是要稍微分清楚，小小说明一下。

原来 DALLOYAU 是老铺甜品屋不二家在 1982 年跟巴黎皇家喜爱的 DALLOYAU 面包屋结盟所设立的 DALLOYAU Japan 面包屋。

DALLOYAU Paris（Dalloyau – Maison de Gastronomie depuis 1802）创立于 1802 年，在巴黎甚至有被视为文化遗产般的地位。

面包屋同时出售连黛安娜王妃都爱吃的マカロン马卡龙，可惜 Milly 味觉太庶民，至今仍吃不出小小一口却很贵的马卡龙有什么让人着迷的魅力，于是还是乖乖买了外表朴实却又蕴涵着两百年历史的 DALLOYAU 吐司。

DALLOYAU 银座本店设有用餐和下午茶空间，非常适合去小奢华一下。

顺路面包
迷路面包

4 月 10 日至 22 日暂离东京往加州度假，度假中的度假。

4 月 22 日回到东京，下午 6 点多才到旅馆，毫不停留马上拿了自备环保购物袋前往伊势丹百货地下美食街采购往后六天的食材。

在伊势丹百货地下美食街买到了超好吃的吐司，是眷恋着想再去买来吃的吐司。

这吐司面包出自五星饭店 Hotel Okura，在百货公司以ホテルブレッド（饭店品牌）形式出售。

本来只是顺路买下的吐司面包，第二天先拿出一片吃，完全惊艳，土司的口感非常细致，咀嚼时口中泛出了香甜的滋味。

立刻再拿出一片烤来吃，烤到金黄，多了些松脆，又是另一番滋味。

说得夸张些，Milly 甚至以为这或许正是 Milly 理想中吐司的绝对值。

在新宿的伊势丹百货，除了可以买到以 Hotel Okura 为品牌的面包外，其他面包屋的选择还有 MAISON KAYSER、アンデルセン（ANDERSEN）、bagel 专门店 JUNOESQUE BAGEL 等响亮的名店。百货公司目标明显，不妨善加利用，旅行中一大早的早餐就不用限制在那永远不变的饭店自助餐了。

然后天气很好的日子，以一个地址一家面包屋的名字 gentille，再依靠一本东京口袋地图，出发去一家不顺路的面包屋。

gentille 是法语“温柔”的意思，位于目黑区，一楼是面包屋，二楼是面包咖啡屋。说是在目黑区，可一点都不靠近人潮多的目黑川岸两侧。从地铁中目黑站走过去要花上二十多分钟，从 JR 目黑站也要花个十几分钟。位于山手通上，周边都是住宅区，也就是不太可能路过去邂逅，必须专程去探访。

一如往常，Milly 以迷路散步的节奏来到了 gentille，那古典的木雕花自动门、素白的墙面和摆放面包的白色软磨石台面，意外有些东方的印象。那天二楼咖啡屋因为要准备晚上的包场，不能进去，在厚颜请求下店员很好心地答应 Milly 上楼去看看。

很喜欢窗边的位置，阳光好的日子必定是最抢手的座位。至于一楼的面包屋，空间很时尚简约，店员、顾客、面包三者间的关系则维持传统，顾客以篮子选好面包再去结账，不是近日东京流行的面对面由店员代拿面包。

毕竟是三代经营的老铺面包屋，即使内装翻新了，店名很巴黎，面包洋化了，店员是可爱的女生不是阿伯，但那跟老客人间的人情还是想保留下来。

面包就那样摆放在台子上和架上，没有玻璃柜阻隔，是能直接接触到面包香气和温度的距离感。Milly 买了一个朴实的葡萄干面包当作散步的点心，口感很扎实，刚刚出炉，美味更增一层。

gentille

目黒区目黒 3-1-1

8:30—19:00，面包咖啡屋 13:00-16:00

木村屋本店

银座 4-5-7 银座木村屋总本店 1 F
10:00—21:30，无休

虽说看见面包店里各式各样的面包会有很幸福的感觉，但基本上 Milly 情有独钟的还是那吃不腻、极简单的吐司和红豆面包（あんぱん）。不过，正是因为简单却还能让人吃了之后念念不忘，才能真正显现面包师傅的功夫。

然后可以在东京银座地价超高的地段，拥有一整栋大楼专卖红豆面包，那这红豆面包一定更是大有来头了。

就是这样，只要经过这家大有来头又的确很好吃的老铺红豆面包专卖店木村屋总店时，就一定会排队买一个当点心吃。

事实上除了银座三越、新宿伊势丹等十多家直营店之外，全日本有八百多家店可以买到木村屋的红豆面包，但还是要到银座总店去买才有一种朝圣的满足感吧。

木村屋面包

通常客人在这家店一买就是一大袋面包，但 Milly 喜欢现买现吃，又是一个人，因此坚持只买一个。那天买了栗子红豆面包，一口咬下去——好吃！

公元 1869 年木村安兵卫在东京现在的新桥车站附近开了第一家日本人经营的面包店，当时店名是文英堂，之后才将店名改为木村屋，同时将店面移到银座的炼瓦街。

这时木村安兵卫的儿子英三郎发现了以米和曲来让面团发酵的方法，烘焙出了酒种红豆面包。就这样，西方的面包加上日本馅料制成的面包在日本造成话题，大受欢迎。

然后你会想着，口中吃到的这红豆面包可是有 140 年左右的历史，想想多少人跟你一样在不同的时代中吃过同样口味的红豆面包，想着想着，面包的滋味就更美味了。

5

东京买物志

这回东京行有五位分五阶段加入的同行者，五人有着完全不同类型的消费和购物需求，Milly 也就因此跟着有了不同的购物体验。

其中尤以 Mrs. Hu 购买爆发力最厉害，于是以下就以 Milly 安排的东京都会购物路线，分享一个杂货 + 器皿主题的东京。

从表参道进入东京

THE 东京
IN 表参道

在这之前，先分享 Milly 对于第一天就立刻要接触“THE 东京”的坚持，就是不论几点到达东京，在 check in 后就立刻投入东京氛围中，不要迟疑。

3月13日，Milly与阿tan一起进入东京，是早班机，大约3点多就完成check in，之后就立即坐上地铁，往南青山方向的表参道Hills走去。同样地，3月17日跟Mrs. Hu会合，一样是先在赤坂喝了下午茶，逛了一下周边，立刻转地铁往表参道Hills去。

以Milly这导游来说，沿着表参道往表参道Hills前进，沿路看见的风景最能代表东京。不但如此，Milly还很坚持不从原宿这端走向表参道Hills，而是搭乘地铁从A4或A5出口出来，从南青山跨越青山通往表参道上的表参道Hills前进。

如此的话，可以先看见白天的表参道，看看名牌服饰店橱窗，看看ANNIVERSAIRE Café露天座位上的做作欧风情绪。之后进入表参道Hills，沿着上坡通道一家家店面浏览过去，或找个咖啡空间小歇。

步出安藤忠雄规划的表参道Hills，在返回地铁站的归途上，刚好看见暮色中表参道上和南青道上有如名建筑师竞赛般的建筑风貌。

黑川纪章抢眼的锥形日本看护协会大楼、青木淳也的LV表参道大楼、伊东丰雄的Tod's大楼、妹岛和世及西泽立卫的Dior旗舰店、由瑞士建筑团队设计的黑夜中有如钻石般的PRADA旗舰店、一旁同样耀眼的Issey Miyake和Cartier建筑。

不懂建筑师是谁，不知道用什么华丽的建筑辞藻去形容都无所谓，赞赏就好，尤其是在接近黑夜时，墨蓝的光线中望去的建筑更美。

坚持第一天就这样迎向THE东京情绪的另一个原因是，表参道Hills的商店，大致营业时间是到晚间9点，店家的类别很多，虽说价位未必很平实，但比起一旁的名牌旗舰店服饰，还是亲近得多。

J-PERIOD

表参道 Hills 内，Milly 个人推荐的是本馆 B1 楼层，可以欣赏或购买和风器皿、和风杂货的 J-PERIOD（ジェイピリオド）和粋更 kisara。

J-PERIOD 的商品主要是融合日本传统和现代美学的杂货、小物、盆栽、花器、料理用具和餐具，设计的中心想法是可以在日常生活中使用，同时在不同节气中也推出各式不同的套装礼物。
非常喜欢店内的摆设和商品，光是逛都有幸福的感觉，每一样东西都想当作礼物收到。在这里 Msr. Hu 购入了很时尚典雅的锡制汤匙和餐盘。

表参道名建筑

至于粹更 kisara 是由 1818 年创业生产麻织品奈良晒、麻生地的老铺中川政七商店所开发的生活用品系列。

产品利用麻、和纸、木、漆、陶器等日本传统元素，希望这些作品能成为礼物送给自己珍惜的人，一种所谓的来自日本的礼物。

店内所有商品都像是蕴含美好古老日本的作品，大多泛着淡淡禅意，不是很华丽花哨，却拥有让人安稳的力量。

或许就是这样，每次来到这个店内空间，都有像是在逛美术馆或是艺廊的感觉。

粹更 kisara

那天 Mrs. Hu 在粋更 kisara 没消费，倒是在一旁的精品袜子店タビオ Tabio 买了不少质感很棒、Made In Japan 的一双千元日元以上的袜子。如果想要小小奢华一下，这家袜子专卖店还有一个很高档的服务，就是可以在袜子上绣上你的英文名字缩写，就是贝克汉姆啦、贵族啦、富豪啦这些人会做的事。当然要富贵就要付出代价，绣上名字是要收费的。

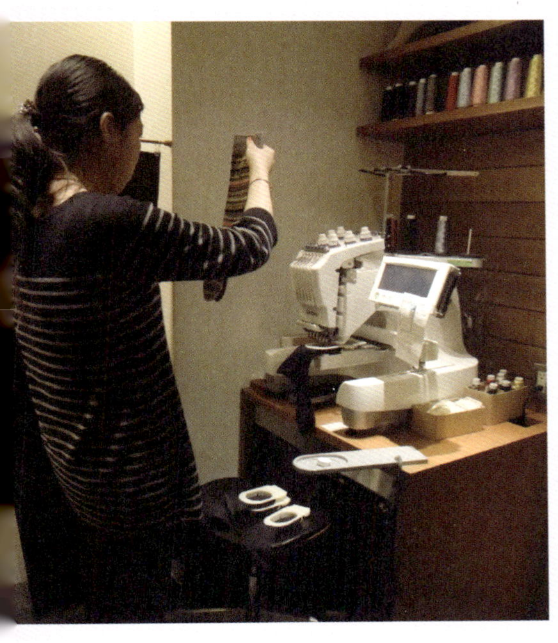

タビオ Tabio

以杂货＋器皿为主题在东京，清新风格的首先会想到自由之丘、吉祥寺，偏向亚洲风、自由风的则是下北泽、高円寺，偏向居家悠闲风的首推二子玉川，中目黑、代官山近年来则集结了不少个性店家。
位于大都会中心的表参道 Hills、Mid Town，也有很多精彩 Made In Japan 的杂货专卖店。
有了大概的区域概念，依着交通顺线去探访，自然可以在东京拥有一个愉快的杂货＋器皿小旅行。

游晃吉祥寺，可以分为咖啡屋主题、甜点面包主题、杂货主题、烤鸡串主题、商店街牛肉饼主题、井之头公园樱花主题，以及 Milly 还没充分发挥的猫散步主题等。

不论以什么主题，大约都分为两大区块，分别从车站公园口和北口出发。一般来说，吉祥寺的路线大多数是先从公园口出发往井之头公园，在到达公园湖畔绿地之前，沿路就有各式各样的民族风服饰店、咖啡屋和杂货屋。

Milly 个人觉得颇好逛的是从丸井百货一转进去，立刻看见在街口有着独立店面的 karako 吉祥寺店。这家杂货屋不但有和风杂货，更可以看见泰国、越南、巴厘岛风情的杂货，走的是中价位，是家里想要添购一些小摆饰、增加气氛时会想去逛逛的地方。

另外一家店是较接近公园的民族风服饰兼杂货店无限堂二号店（元祖仲屋むげん堂 弐番组），店内外围巾、裙子、帽子、印度线香排得满满的，价位也很便宜。

不便宜也不行啊，毕竟店头上大大写着“安売りは仆らの誓い”（便宜卖是我们的誓愿）。

那天 Mrs. Hu 在一开店就买了三条印度风丝巾，不到 1500 日元。之后一路逛去，沿路和周边不乏夏威夷、亚洲民族风和美国复古风潮的杂货屋，各有风味。

无限堂

Moi 咖啡屋

卡片专卖店 kortti +，小周 摄

不过这次以杂货主题探访吉祥寺，最大的收获是发现了不少个性化风格杂货屋，不是在常逛的井之头公园这端，而是北口出去通过 PARCO 看见东急百货转弯进入巷道，藤村女子高中附近大正通り的两侧店面（这个区域当地人也昵称为东急里）。

这个区域不单是杂货屋好逛，周边还有 Milly 最喜欢的东京咖啡屋之一横尾、精彩面包屋 Dans Dix ans、非常特别地把味噌当作精品出售的 SOYBEARNFARM 味噌 & 味噌料理店、洋溢着温暖气息的花店 4 ひきのねこ（四只猫，店名很奇怪，由来正是因为开店时店主刚好养了四只猫）等。

另外这区有三个关于北欧的空间。一个是 Moi 咖啡屋，桌椅和杯盘都是北欧风格的设计，店内贩售着北欧杂货。另外两个是咖啡屋附设的卡片专卖店 kortti+ 以及一旁的北欧杂货屋 CINQ plus（サンク・プリュス）。

Moi 是挪威语，用在表示友好地打招呼时。这家北欧咖啡屋原本是开在东京的荻洼，2007 年才移到吉祥寺。Milly 前后两次来到这以白色和木色为基调的咖啡屋，一次是太阳很大，进去躲日晒兼小歇，一次是雨天进去躲雨兼小歇。可以想见咖啡屋多么有安稳感，不论晴天雨天都忍不住想进去放松一下。

店内根据店主的浪漫意念，企图营造一个空气透澈有如芬兰的空间。

等待咖啡上桌的空当，起身观看墙上的挪威杂货以及一旁附设的卡片专卖店 kortti+。kortti+ 根据季节变化长期放置着 240 种以上的各式明信片，明信片的图案几乎都没看过，似乎背后都有着创作者。

风格有欧风、和风，有清新的、绘本感觉的、小幽默的、典雅的，不论你多么挑剔，都可以找到一张喜欢的卡片。

心情到了，就买张明信片，坐下来喝着德岛自家烘焙咖啡屋 aalto coffee 现磨的咖啡，写封明信片给自己亲爱的人，之后问店员，一定可以跟你说附近哪里有邮局。

之所以要附设一个这样的明信片专卖空间，是因为店主岩间洋介有次到芬兰旅行，在首都赫尔辛基看见中央邮局内附设了一家咖啡屋 Kirje Kahvila（写信的咖啡屋），感觉很美好，于是便将这美好转移到自己的咖啡屋内。

那天点了冰拿铁，端上的饮料放在北欧猫造型的木杯垫上，好可爱清新。

Moi

本町 2-28-3 グリーニィ吉祥寺 1F

12:00—21:00，周二休

CINQ plus
武藏野市吉祥寺本町 2-28-3、
グリーニィ吉祥寺 1F
12:00—20:00，无休
（照片提供：小周）

紧贴着 Moi 的是北欧杂货屋 CINQ plus，简约纯白的店内摆设着从北欧直接进口的厨房道具、文具和杂货。

店内还会不定期举行主题杂货展，像是圣诞节期间就会举行非常有风味的北欧圣诞吊饰展，有时也会举行很有趣的幸福早餐主题用具展。

另外较特别的是这里也有些 Baby 和小孩的道具和衣物，让妈妈可以将品味放在心爱的宝贝身上。

CINQ plus 是表参道上 CINQ 的二号店，不同于一号店，吉祥寺店内也出售日本制作精选杂货和品味手工艺品。

有天在黄昏后跟朋友用餐之前，绕路过来晃晃，CINQ plus 从店内透出昏黄的灯火，整个感觉非常融合，好舒服的画面。

北欧杂货屋 CINQ plus

这个区域有不少与北欧相关的杂货和餐厅，因此也被称为北欧街，像是北欧餐厅ALLT GOTT（アルトゴット）、出售北欧玩具的NIKI TIKI（ニキティキ）、北欧家饰杂货屋marimekko吉祥寺（マリメッコ吉祥寺），同样出售北欧杂货的coeur de coeur，喜欢北欧风格的人一定会充分得到满足。

不过那天喜欢日本极简风格的Mrs. Hu没买北欧系统的杂货，倒是在同样位于大正通上以日本设计为主的家具生活杂货店Uncio买了两个白粉瓷碗，在高档棉质服饰店Aya买了蕾丝布边及零头布。虽说不知这些东西日后在手创和日常用品上的作用，但看见她满足的脸，对吉祥寺的杂货和器皿采购应该是充分满意的。

生活杂货店Uncio

无名服饰店买的布袋

大都会时尚 ZAKAA

要采购生活杂货，在东京是一件简单又危险的事情。

说简单，是因为几乎所有复合式 City Mall 都有专区，容纳着各式各样的高质感家饰连锁店、生活杂货店。至于危险，就是每家店的摆饰都是那么吸引人，好像家中只要也多了这些家饰道具，就会同样温馨又有品味似的。

于是买还是不买，买这个还是买那个，一个人下不了决定，有时就会忍不住败起家来。

像这样又危险又好逛的地方，首推六本木 Mid Town 三楼，在这里有文具名品店、陶瓷器店、家饰店、设计家电和杂货屋，看得你眼花缭乱，这里就只推荐一些个人很喜欢的店家。

IDÉE SHOP/IDÉE CAFÉ PARC

首先是标榜将日本传统融入现代生活型态中的TIME&STYLE MIDTOWN，以及除了设计家具也贩售世界各地家饰小物和书籍的IDÉE SHOP/IDÉE CAFÉ PARC。这两家店占据了三楼很大的空间，很能让自己做做美梦，想象着如果自己的家也是这样布置，也有这样的沙发的话……

让Milly更偏爱的是IDÉE店内面向着中庭位置有个舒适的露天咖啡座，所以逛累了可以在这光线大好的空间小歇，或让自己冷静一下，想象一下这家饰在家中的模样，也考虑荷包和行李的重量。

另外还有一家出售进口高质感厨房用具的Flagship 212 KITCHEN STORE。店内有琳琅满目的各国厨房锅具和料理用具，也是让人看得心痒痒的，可惜没豪宅大厨房也没富老公富爸爸，更重要的是根本也没做菜的天分，还是做做梦就好。

至于让Mrs. Hu和之后前来的酒友Miss Ling都掏出钱包购物的，则是SAYA，主要出售柳宗理设计的厨房用具。

柳宗理设计

据说在日本当地购买比在台湾便宜不少，柳宗理的崇拜者爱用者来到这里不败家也难。

Mrs. Hu 就买了经典款的柳宗理铁锅、瓷杯和汤匙组，Miss Ling 则是买了其他日本创作者的琉璃酒杯。

这家店面不大的 SAYA 有多受外国观光客欢迎，由店内居然有说中文的中国店员可见一斑。没错！在这里，说中文也通哩。

SAYA

Mid Town （有中文网页）

http://www.tokyo-midtown.com/jp/index.html

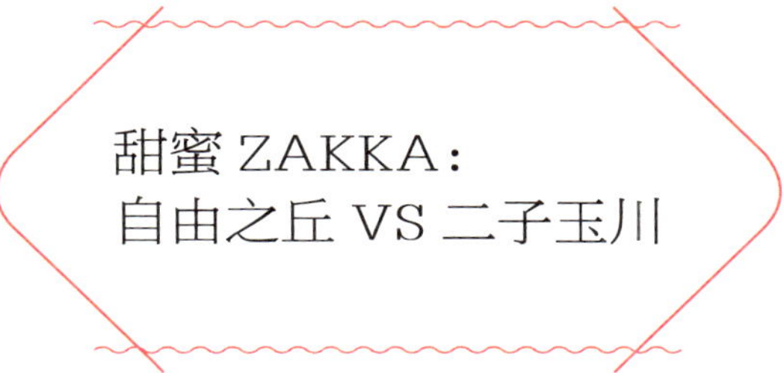

甜蜜 ZAKKA：自由之丘 VS 二子玉川

自由之丘

要满足东京杂货情绪，自由之丘是不能不去的一个路径，虽说 Milly 未必完全认同。以好逛度和舒适度来说， Milly 会更推荐较远的二子玉川或主题更丰富的吉祥寺。只是在东京甜点和杂货的代表性上，自由之丘有其一定地位。很怕自己的主观影响了朋友的乐趣，因此在安排东京的消费路径时都依然将自由之丘排进行程。

如果以“自由が丘”在日本 Yahoo 上搜寻，搜寻结果的上方会出现自由が丘雑货、自由が丘ランチ（午餐）、自由が丘スイーツ（甜点）、自由が丘カフェ（咖啡屋）等四组关键字，由此可窥见自由之丘主要的消费重点。

这个杂货和甜点的集中地，最大的优势是交通便利，从涩谷搭乘东急东横线十多分钟就可到达。各种类型的店家非常丰富，相关的书籍和杂志资讯更是年年更新。

坏处呢？路线有些复杂，每次去几乎没有不迷路的，遇上假日，这里大街小巷都挤满了逛街人潮和观光客，难免会让散步兴致大减。

UNIQLO WOMEN'S ONLY SHOP

Cafe trevo

或许因为 Milly 真的太容易在自由之丘迷路，于是多年来在不断迷路的经验下定出了一条不容易迷路的固定路线，沿着同样的路线去确认自己喜欢的店家，同时也一次次去发现一些新店家。

Milly 的自由之丘模式就是一定会从东急东横线自由之丘站南口出来，然后沿着有樱花步道的グリーンストリート（Green Street，也称为九品佛川绿道）散步，如果灵感不够就先去メルサ自由が丘 Part I（Melsa-1）地下一楼的 BOOK 1st 书店翻翻新杂志，看看自由之丘有没有什么有趣的新店家。

在 Green Street 人行道两侧首先看见 MUJI 以及店门前熟悉的咖啡车 Cafe trevo，坐在樱花树下长椅上可以抬头看见 Melsa-1 二楼的

Afternoon Tea

UNIQLO WOMEN'S ONLY SHOP 和 Afternoon Tea 那花房般位于三楼的茶室。

从步道右转，可以看见服饰店 GAP 以及和风茶屋 nanaha。

像这样的密集区域内有 Milly 常购买的休闲品牌、书店、露天座咖啡屋，又有 Afternoon Tea 和二楼的杂货可逛，甚至可说光是这一区就已经满足了 Milly 对于自由之丘的需求。

之后就是甜点屋朝圣。先是沿着自由通往自由之丘一丁目上日式糕点老铺亀屋万年堂总本店方向前进，目的地是同条路上辻口博启的蛋糕卷屋自由が丘ロール屋。之后跨过カトレア通（Cattleya，洋兰通），再往学园通前进，去辻口博启的蛋糕屋 Mont St. Clair 探访兼购买，两家同是日本知名甜点大厨的蛋糕屋，总要到此一游。

如果体力好天气不错，还可以中途转进カトレア通，前往模仿水城威尼斯景观建造的主题复合式购物 mall ラ・ヴィータ（La Vita），逛逛陶瓷和玻璃工艺店。

La Vita

Thanks Nature

在蛋糕屋 Mont St. Clair 对面的花草园艺店 Thanks Nature 更是来到自由之丘不逛会不满足的所在。在店内被那绿意包围，有种说不出来的悠然幸福。

Milly 理想的房子就是像这样被绿色植物包围着的空间，不能拥有，这样偶尔来做做梦确认一下自己的愿望，也是好的。

离开 Thanks Nature，在返回车站前会先去小公园边的家具和生活杂货屋 MOMO Natural 店内逛逛。

在自由之丘的学园通上有两家面对面的 MOMO Natural，Milly 个人偏爱紧邻公园边的 MOMO Natural Chic。

尤其是樱花季节，透过二楼 MOMO Natural Chic 落地窗和天窗，可以看见公园内满满的粉红樱花，美丽得有如明信片般。

即使不是樱花季，在阳光透亮的空间内观看着家具、把玩着摆放的小物，也是一件很棒的事。或许是这家店太有幸福的氛围了，这次一共带了四个朋友来逛，其中三位都买了家饰摆设。小周买了古典闹钟复制品，Mrs. Hu 更是不怕行李加重地买了一个伞架。能让同行朋友开心地买杂货，不晓得为什么 Milly 自己也有成就感了起来（笑）。

Mont St. Clair

自由が丘ロール屋

MOMO Natural Chic

杂货屋 tou tcu

逛了 MOMO Natural Chic 后会顺着学园通闲晃，看见大型平价鞋店 ABC-MART 后，就左转往“疑似”车站的方向前进，虽说在此几乎每次都会迷路，却也每次都可以在混乱中又走回了车站。

迷了路，就刚好可以不管导览书，只要看见喜欢的店家就进去看看，接近车站的区域不乏各式各样的杂货屋可以选择。

当然这样的自由之丘路径只是路痴 Milly 自己研究出来的路线，逻辑是一定要去的店 mix 随兴进去的店。

像是这回在迷路中前往自由が丘ロール屋的路上，在很多人排队买烤鸡串的老铺寿々木屋鶏肉店对面发现了一家杂货屋 tou tou。

店外小小的空间塞满了各式各样的杂货，还有不少日本手创作家寄卖的作品，店外则放着各式各样的藤篮。

那天跟 Mrs. Hu 在店前流连了很久很久，因为每个藤篮都那么可爱，很想提着去野餐。但现实是喜欢的藤篮都很贵，一个要价 7000 日元以上，现实是真的很难有机会提着藤篮去野餐，现实是提着藤篮很难上飞机！

就是这样，两人看了很久却都没能买下。

可是后来每当跟 Mrs. Hu 聊起那趟自由之丘的杂物散步之旅时，两人却又几乎是异口同声地说那家的藤篮好漂亮，早知道，一咬牙就买回家好了。

难道，女人真的是得不到的才是最想要的？

二子玉川

二子玉川在哪里呢？怎么去？

在涩谷搭乘东急田园都市线，15 分钟就可以到达二子玉川站。

东急田园都市线沿线有三轩茶屋、樱新町、用贺和二子玉川，虽说不如同样是由涩谷出发的东急东横线有代官山、中目黑、自由之丘、田园调布那么发展成熟、让人印象深刻，却也不乏可以去探访的可爱小店和清新餐厅。

高岛屋 S·C

探访这类东京都心近郊的住宅区商圈，最能让人愉悦的就是那舒缓。不论是空间、流泻的空气和迎面来人的脚步，都是相对悠闲的。

其中二子玉川车站周边以高岛屋百货本馆和南北各分馆为主体，这讲求大格局、宽敞、绿意和舒适的百货商圈统称为“高岛屋 S·C”，是优质住宅世田谷区居民的休闲消费中心，更被新时代年轻居民昵称为“にこたま”（二子玉川本来的发音是ふたこたまがわ）。

IDÉE SHOP

光是高岛屋 S·C 就足够逛上一整天，只是如果是以生活杂货为主要消费的话，锁定南馆即可。
从 B1 至 6 楼有着各类生活杂货和休闲服饰店，像是 IDÉE SHOP、TIME & STYLE 家饰专门店、浪漫玫瑰花朵英国风的 LAURA ASHLEY 和大家熟悉的 Afternoon Tea 等家居系列。

四楼出售欧美和亚洲风生活杂货的 Madu 是 Milly 个人偏好的一家店，店内摆设以颜色来配置，嫩绿区、樱花粉红区、纯黑纯白区等等，又是一个让人忍不住做起梦来的空间。

除了在一间间宽敞的家饰店中流连，看着那一个个可爱的优雅的清新的小摆设和器皿，挣扎着要买还是不要买之外，和 Mrs. Hu 花很多时间去挑选也都买了东西的则是南馆的有机棉花专卖店天衣无缝。

店内的手帕、毛巾、袜子和衣物全都是使用国际认证的有机棉，虽说价位或许比同类商品贵一些，但摸起来的质感真的是很舒服。

Milly 于是买了两条和风图案的手巾，Mrs. Hu 则依然买了多双热爱的袜子。

据说店内最热门的礼品是婴儿用品系列，这是理所当然的吧。那有机棉布料碰在肌肤上的温柔触感，让细嫩肌肤的 Baby 穿戴上，爷爷奶奶会有多安心。

Madu

天衣无缝

高岛屋S・C在用餐、购物有非常多的选择，环境和空间也很舒适。

但光是这样就认定二子玉川可以取代自由之丘的生活杂货地位，自然是太草率。

至于Milly为何会喜欢二子玉川胜过自由之丘，也不单单是因为高岛屋这很讲究绿化空间的消费空间，更大的因素是喜欢上了高岛屋后巷内，由生活器皿KOHORO、手工布材店The Linen Bird、服饰杂货咖啡屋Lisette（リゼッタ）和花店tiny N所共同营造出的美好空间。

Lisette

Lisette
世田谷区玉川 3-9-7
10:30—8:30，周三休

从高岛屋百货本馆或南馆后门出来，走上有些杂乱的饮食街，经过两个短短的巷口，右转进第二巷内再左转，就可以看见这以正方形对立、各据一端的四间店，不会很难找，连路痴 Milly 都很快找到了。

Milly 先在 Lisette 占据一个位置点了午餐，Mrs. Hu 则是按捺不住，点了苹果汁后就先到对角的布料店 The Linen Bird 采购去了。

Lisette 空间内有三分之一摆放着亚麻服饰和杂货，三分之二则是以绘本般木质家具建构的咖啡屋。

据说店名 Lisette 是法国常见的女性名字，整个空间包含了外面的小花园和攀缘植物，则是企图表现出一个“像是家一般的小店”，像是一个名叫 Lisette 的女子的幸福家居空间和生活节奏：穿过小小的花园是闲暇时可以自己做裁缝的工作室，旁边有可爱厨房可以烘焙糕点，家具和衣饰都是很珍惜地长期使用着，旧了破了就修改一下给个新面貌，天气好时可以在大木桌上放上红白格子布餐巾，端上好吃的料理招呼好朋友。

The Linen Bird

或许正因为是这样的设定，这间店非常受女士们的欢迎，每逢周末假日的午餐时间几乎都一位难求。

这里的餐点以法国家庭料理为主，像是咸派、肉冻等。

在里面用餐，目光会很自然地一直流转着，因为每个角落都放着让人忍不住多看几眼的小摆饰，甚至连端上饮料的杯垫也是精巧的手工编织。

吃着吃着，更发现那天 Milly 随身帆布包里放的咖啡店 MOOK，正是以 Lisette 的木桌和甜点当封面，这意外的发现让幸福又多了一层。

吃完放了很多新鲜蔬菜沙拉的餐食，开始吃附餐甜点和咖啡时，Mrs. Hu 也刚好满足地逛了回来，战利品是在 The Linen Bird 购买的进口蕾丝布边和亚麻布料。

后来也去了 The Linen Bird，完全能理解 Mrs. Hu 为何会在那待上三十多分钟，的确是会让喜欢布料的人疯狂的地方。一面墙边放置着一捆捆大多是由比利时进口的亚麻布，另一边则在架上放着一束束蕾丝布边，店内的其他角落则是北欧和意大利风的布杂货配件。

当然比起其他布料批发店，这里的布料贵了不少，但就像一个女子在自己博客上说的，在日暮里布料店买会便宜很多，可是当在店内看见那些美丽的亚麻布时，价钱根本是另外的领域，只想要拥有，完全不想去考虑其他。

与 The Linen Bird 一巷之隔的是 KOHORO，古民家风味的开放店面中放置着看似朴实却有不同表情的瓷碗瓷盘。但这里的陶瓷器可不是用来观看的，店内虽说常有新人的作品展，但 KOHORO 不是一个单纯展示作品的艺廊，而是一家器具店，一个以生活和器为主题的餐具店。

有意思的是，为了让客人能知道这样的碗碟可以放怎样的料理，店内各个角落的碗碟上都放了真正的料理，如果只是路过，甚至会误以为这是一家日本料理餐厅呢。

店内除了陶瓷器外，也同时放置着藤篮、漆盒、桧木米饭桶等日本料理会使用的调理和摆设用具。

KOHORO 是日本平安时期将马鞍之类的东西放入木箱时的拟声词。会采用这样的名字，正是因为陶瓷器要被使用才有生命，碗盘放在桌上的声音、堆放时的声音、筷子碰到碗边的声音，这些声音就是让器皿有生气的原因。

这是一家很有想法的店，即使不购物都值得一逛的店。

The Linen Bird
世田谷区玉川 3-12-11
10:30—19:00，周三休

KOHORO

KOHORO

世田谷区玉川 3–12–11
11:00—19:00，周一休

同样地，KOHORO 对面的花店 tiny N 对旅人来说未必是可以消费的地方，却也是一家光是看见店头那随兴放置的花朵花器，就可以一下子幸福起来的店家。由花艺师冈本典子开设的这间花店，除了花束、花艺设计、花卉贩卖外也有花艺教室。整个店面的感觉让 Milly 想起在巴黎旅行时那些街角的花店，不是那么华丽耀眼气派非凡，却有种温暖柔和的感觉。

就是这样，四间店各有特色却又能融成一体，置身其中感觉有如在美好的欧风乡间小镇散步。也因此对 Milly 来说，在生活杂货和咖啡屋主题上虽然自由之丘有很多选择，但二子玉川却有这四间店构成的最好选择，不需徘徊不用迷路就可以拥有的空间，于是忍不住就偏爱上了。

樱花满开的季节来到二子玉川还有一个很棒的路径：到一旁的多摩川赏樱去。沿着河堤走，河堤边上就是绵延不绝的樱花，让樱吹雪下的花瓣洒满全身更是一大幸福。

tiny N
世田谷区玉川 3-9-7
11:00—18:00，周三休

ZAKKA 番外篇

除了自由之丘、吉祥寺、代官山和下北泽这些一想到杂货就会想到的地区，或表参道 Hills、Mid-Town 和二子玉川高岛屋 S·C 生活杂货专区外，在东京都随意游晃也会巧遇一些杂货主题空间，大多数大型百货公司和 Shopping Mall 也都会有几家生活杂货店，例如东京站前的新丸大楼和丸大楼内都有不同领域的杂货专门店。

这次东京滞留期间，很巧地碰上三个购物据点新开幕或重新改装登场，里面也都有生活杂货空间。

例如，于 2009 年 3 月 26 日开张，位于池袋站内的 Echika IKE-BUKURO，有杂货礼品屋 PLAZA、和杂货屋げたばこ等。

同日开幕位于青山的 AO ビル内，则有色彩鲜艳图案俏皮的巴黎进口杂货品牌 PYLONES by petit coquin、高质感进口生活杂货 entre square、出售特别用来装储值卡的可爱 Tiny roo 的皮包杂货屋 ROOTOTE GALLERY。

ANGERS

ANGERS

至于在4月22日重新开幕的新宿MARUI本馆，标榜女性愉悦购物空间，因此从一楼至六楼的每个楼层几乎都有各类生活杂货屋。

一楼是京都三百年锦织物老铺永乐屋细辻伊兵街商店新创的品牌RAAK，贩售手布巾和围巾等日式小物；三楼是走浪漫唯美女性风格的生活杂货About a girl by Francfranc；五楼是布置成花店的Arrivee et Depart，出售饰品摆设杂货。

其中Milly最喜欢也很推荐喜欢咖啡屋风情的人去的杂货屋，是位于八楼的ANGERS。

ANGERS发迹于京都的河原町，在关西地区拥有多家分店，而在关东地区首次登场的就是这家新宿MARUI本馆的分店。

“以生活出发的设计”是这家杂货屋的主题，店内陈设各式各样的生活杂货，大多数来自日本和北欧各国。

在进入店内的一瞬间，即使完全不知道店名品牌后的故事和背景，也会不自觉喜欢上这在绿色植物包围下、以沉稳灯光营造出的和+洋杂货自然融和的空间。

厚重的桧木架子和桌子平台上展现了精彩的商品陈列功力，商品如此众多，摆放得如此密集，依然能将每一个商品的特色突显出来。

逛着逛着，就无条件地喜欢这间 ANGERS，会想着下回去京都也要去本店瞧瞧。

开幕期间为了强化这家店的京都背景，还特别进行了一个活动："美味しい珈琲が饮みたくて、京都の珈琲"，以想喝美味的咖啡，京都的咖啡为名，ANGERS ＋京都 CAFÉ 的活动。

店面摆设了与咖啡有关的各式杂货和书籍，活动期间还可以在店内吧台区喝杯以京都咖啡屋六曜社和かもがわカフェ的烘焙咖啡豆冲调的咖啡。这两间咖啡屋在京都游乐散步时都去小歇过，因此光是看见文字和那图案，就一下子被拉进京都情绪中。

虽说开幕活动结束后未必会继续提供香醇的京都现冲咖啡，不过店内会持续贩售两家店家的咖啡豆，也会维持咖啡用具空间。

咖啡用具旁同时放置着书皮套、书签等阅读工具，也是很有风味的组合。

BOOK+CAFÉ+ZAKKA，没有比这更让人舒缓的联结了。在原本以为是个性化生活杂货沙漠的新宿区内，有了这个专为女性设置的 MARUI 本馆，散步兼消费的选择又多了一项。

MARUI 本馆

http://www.0101.co.jp/index.html

mill style cafe

nill stayle cafe
目黑区青叶台 1-15-8
青叶台フラット 1F
2:00—19:00，周一休，
逢假日改休隔日

至于 Milly 最喜欢的代官山—中目黑散步道上，也陆续发现了一些可爱的杂货空间。

从代官山经由旧山手通埃及大使馆边上的岔路转入上村坂斜坡往下走去，在到达目黑川畔服饰杂货屋 carlife 中目黑店之前，在右手边的巷弄上便可以看见一间可爱的面包＋杂货咖啡屋 nill stayle cafe。

以纯白和灰色为基调，出自九州长崎的小巧杂货铺、面包咖啡屋，面包是由中目黑附近面包屋 Naif 的面包师傅谷上正幸所供应。店内有小小的用餐空间和小小的面包柜台，窗边则是小小的服饰和杂货空间，都是小小的可爱的。

离开 nill stayle cafe，通过目黑川上的桥，可以看见一家小小的纽扣专门店 &STRIPE。

这店名很奇怪的扣子专门店&STRIPE，出售着从世界各国收集来的扣子、店家自创设计风的扣子，其中更有些是具有收藏价值的古董扣。
Milly 不做手工或裁缝，自然没有购买扣子的需求，可是每次来到目黑川边就会想去这家扣子专卖店逛逛。那一粒粒色彩鲜艳、圆滚滚的扣子，像是糖果又像是珠宝，会觉得这样被满满三面墙的两千多种来自世界各国的扣子给包围着，是很微妙的幸福。
一发现喜欢的扣子，就会走近些看看是从哪一个国度来的，意大利、法国、挪威、印度，然后发出小小的惊叹声，啊，原来这个国家的扣子是这样的表情。就是这样，明明是间扣子专卖店，Milly 却一直当成是杂货游乐场来对待使用。

&STRIPE
目黒区青叶台 1-25-3 小野ビル 1F
11:30—19:30，周二休

gaKu

另外一间位于目黑川边的杂货屋 gaKu，则是在川边散步时被一个可爱的手绘地图指示牌给吸引，因此发现了。

这以旧屋子改装成的杂货屋，主要出售相机、时钟、玻璃瓶、蕾丝等古董杂货，同时也放置了店主和其他手创作家的杂货作品。

生锈的东西、古老的东西、手工做的东西，虽然外观不是那么精巧，却有说不出来的可爱姿态。

gaKu 这间新旧交杂的杂货屋，便是将店主自己喜欢的东西不分新旧放在一个空间内，同时借此吸引有着同样感性的人。

可爱的女店主为了装点店内，做了些以相机为模型的独创摆饰，可是到了后来，询问这些非卖品手工摆设的客人居然比问二手相机的人多，店主也就因此考虑要再多做相机模型摆饰，当作固定商品出售。

gaKu 位于巷弄内，因此不是那么好发现。不过只要在目黑川边散步应该可以看见店主放在川上桥边的地图指示牌，如果恰巧看见，别忘了可以循图去逛逛看。

gaKu

目黑区上目黑 1-19-1
11:30—19:30，周日休
http://www.gaku-sp2.jp/

Grassroots

涩谷区宇多川町 29–4

http://grassroots.jp/front.html

亚洲民族风杂货屋 Grassroots（ぐらするーつ）隐身在繁华杂乱的涩谷区一角，是 Milly 依照地址去找间美味咖啡屋 cent trente-neuf 时无意中发现的。

Grassroots16 平方大的店内外放着满满的民族风提袋、帽子、饰品、卡片和乐器，坐落的地点又是一栋画满了涂鸦的建筑，一看就是很有个性的店。
店内出售的都是ウケる雑货たち（受好评的杂货），原来店内商品都是日本三十多个公平贸易组织进口自亚洲、非洲和南美洲等二十多个国家的手工制品，品种有 900 种以上。
正因为这个背景，店内也贴着各类支援发展中国家的活动海报和相关情报。不论是透过公平贸易组织输入的商品或店内独创的手工制品，都是“地球を大切に想うグッズ”（珍惜地球环境的商品）、“作る人や使う人にやさしいもの”（对于使用者和制作者而言都很温柔的商品）、“伝统技术や天然素材を大切にしたもの”（重视传统工艺和天然素材的商品），商品不只是一个物件，更同时传达着环保、有机、人道主义，以及爱与和平的理念。

说起来，经过这杂货屋时之所以会一下子就停下脚步，是因为一眼就看见了一个画了黑猫的布包，一个用咖啡豆麻袋制成的布包，在 Milly 常去的秘密咖啡屋内就挂着一个这样的麻布包，印象很深刻。

这样的一间店，虽说未必很好找，但想想如果能因此透过一件杂货，去跟地球以及地球角落上的一些人建立起温暖的关系，或许还是值得迷一下路。

当然,有正常方向感的人应该不难找到,基本上就是在涩谷东急手创馆(东急ハンズ) 附近。

很多人都会经由东京车站前往成田机场离开东京，推荐一个在离境前还可以败家或选购礼物的据点：位于东京车站内的GranSta、以手布巾为主题的まめぐい。

虽说在乘客来往匆忙的氛围中，这里的和风杂货不能被很悠闲地注意着，但只要停下脚步看看，依然会发现很多有趣的作品。

这家杂货屋的特色可以从店名中窥见。まめぐい，まめ是豆子的意思，另外也有认真的意思；ぐい或许就是てぬぐい，手拭巾、手布巾。

まめぐい正是用各种可爱图案或日本风情去包装豆果子点心，一种新形态的东京礼盒，认真地去送一份可以使用礼盒的礼物。

以布巾包出熊猫、兔子和猫咪的包装很可爱，不错的想法，吃完了点心还可以有一条手布巾可再利用。

まめぐい

8:00—22:00，假日8:00—21:00

6

巴士跟东京的亲密关系

这次长达一个多月的东京滞留，如果要说感受到不同以往的部分是什么？答案是：原来在东京搭巴士散步可以这么好玩。

起源是 Milly 想去的一个东京手创市集，最方便的前往方式是巴士，更巧的是 Milly 住宿的新宿公寓式旅馆对面就有巴士前往这个市集。
尝试搭乘后就完全爱上东京巴士旅行，熟悉后发现，和地铁相比，巴士更能代替脚来散步，只要手上有张巴士一日券。

在京都旅行，Milly 非常爱用巴士一日券，但东京巴士系统比京都更复杂，像是 Milly 这次最常使用的是 500 日元的都营巴士一日乘车券，因此就不能搭乘方便在世田谷区移动的东急巴士、新宿区间的西武巴士及京王巴士、吉祥寺区间的小田急巴士。尽管如此，还是爱用都营巴士一日券的原因是，这个系统的巴士相对来说路线最密集也较全面。
都营巴士一日券在巴士上就可以直接购买，搭乘时要认清车头和站牌上有小绿人みんくる才能上车。本来问题也不大，但是偏偏有的路线是两个巴士系统共同行驶，在搭乘时就要留意站牌上的时刻表。

都营巴士一日乘车券

小绿人みんくる

利用都营巴士一日乘车券在东京游晃，Milly 分享以下的小技巧。

第 1，搭车前不要只看下车的站名，而是要同时记得前两个站名，如此才知道何时该准备下车了。
第 2，如果是巴士途中下车的散步，下车后务必要记得下班车的时间，有效利用班车与班车间的间隔。
第 3，东京巴士基本上是每站都会停车，不用刻意抬手，但是如果不放心，挥手跟司机示意要上车也是可以的，不会很糗啦。
第 4，巴士首班车的时间还算早，但是收班时间也就是末班车的时间相对早些，有的路线甚至晚上 9 点多就发出末班车，这要留意。
第 5，通常车上都会贴有路线图可以参考，有时车上也会有路线图可拿。Milly 则习惯在旅馆先上网大致查一下路线，都营巴士的网站资料算是很清楚。不过对于路线，Milly 更相信凡走过必留下记忆的道理，一条路线一条路线地搭乘或只是单纯地路过，脑子就会慢慢形成自己的巴士联结网。
第 6，最理想的巴士移动时间是假日和下午时分，避开上下班时段，可以减少不必要的塞车时间。虽说像东京这样的都会，不塞车是不可能的，但是很奇迹地，巴士都还算是能按照时刻表上的时间到达，原则上绝不会早到或延迟十分钟以上，除非遇见重大交通事故。很多站牌都会显示巴士通行情报，巴士一进入前两站就会有灯号显示。

2009 年 3 月 29 日，Milly 的一人散步日，因为是一个人，自己对自己负责，迷路也是自己承担混乱和乐趣。
有时迷路也是一种乐趣，是发现新路径的契机。

也是这样的日子，Milly 会毫无忌惮地以强迫症般的心态，去充分使用

一张 500 日元都营巴士一日券，在东京不同角落随兴穿梭。

都营巴士一日券比 JR 一日券的 730 日元、东京地铁一日券的 710 日元或都营巴士地铁一日券的 700 日元都便宜。你会说不过是 200 日元上下的差价，在东京或许一杯咖啡都喝不到，何必计较？

这正是 Milly 热爱计算的游戏规则，不是省钱，而是一种游戏战胜的快感，知道同样乐趣的人一定可以理解。

很多时候 Milly 在规划路径时都会考虑今天要用哪种系统的套票，同时考量这天是否有必要使用一日券等等。一旦使用了某种系统的一日券，就要挑战这一日券的最高使用极限。

挑战极限！没错，就是这个步调。

东京也有手创市集

3 月 29 日 8 点多出发，搭乘旅馆对面的“白 61”巴士，在巴士上跟司机购入一日券，不用换车，一路到达鬼子母神社前，目标是一个在鬼子母神社进行的手创市集。

安排旅程时知道 3 月 29 日在鬼子母神社会举行一个手创市集，这种机会不容错过，毕竟举行日不是很固定，很难事先计划。一直想要体验一次京都的知恩寺手づくり市，但至今时间都配合不上，能在东京体验同样精神的手创市集，算是一种补偿。

下车后走到会场鬼子母神社还要十多分钟，发现了都营路面电车路线，浏览着周边昔日风情旧屋区，巧遇了早上悠闲散步的下町猫咪，一路愉快。手创市集正式名称是手创り市，2009 年的标志是一只在纺线的猫咪，真巧。

在东京举办的这个手创市集，开始于 2006 年 11 月，主办者是在中板桥经营 rojicafe 咖啡屋的名仓哲先生，有感于京都手创市集让很多手创工作者有了出头的机会，也俨然是京都的重要观光资源，而自己身边有很多手创工作者，就想如果东京也有这样的手创市集多好，于是在自己生长的池袋雑司ヶ谷区域开始筹划一个也是在神社举行的手创市集。

到 2009 年刚好迈入第四年，除非天气影响，否则照惯例是每月举行。

近来很多杂货杂志和女性杂志上都有相关专题介绍，知名度比早期高了很多，那天 Milly 也看见有一两个杂志正在现场取材。

那天有些小雨，冷风凉雨。好在雨不大，微雨中市集还是顺利进行着。

说是9点开始，但可能是交通的关系，实际上10点过后人潮才慢慢多了起来，手创工作者也有些是10点过后才匆忙摆摊。

Milly一摊摊观看着各式各样的手工作品和自然食品，同时观察着摊位后的工作者面孔以及摊位前参与这市集的族群。

感动着原来有这么些年轻人默默为了自己的理想，一针一线一钉一槌地做出自己的作品，也看见来逛这手创市集的人那自然的穿着和自在悠闲的神情，也就是说创作的人和品味的人在一个场地上融合着，喜欢这样的感觉。

出发之前目标就很清楚，此行的目的除浏览各式作品外，就是要帮Milly多年前在品川二手市集上邂逅买下的旅行小熊（跟Milly一起旅行的伙伴或者说代表Milly的分身）找一个同伴，再找一只熊，名号为旅行小熊第二代。

目标清楚就不会分心，虽说每个摊位的作品都真的很让人动心。

最后在两个女子的手工布作品中发现了一只花布小熊，于是毫不犹豫地买了下来。

后来由于实在太可爱，在手工饼干摊位上买了一个松鼠饼干，也在另一个摊位买了看起来很扎实的手工面包。

手创り市

http://www.tezukuriichi.com/

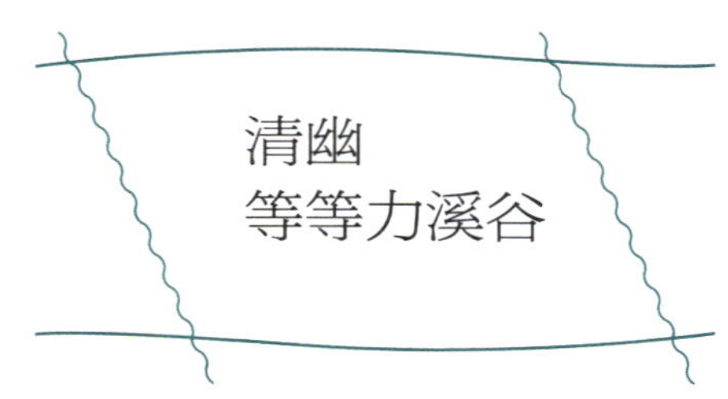

清幽
等等力溪谷

依依不舍地离开东京手创市集，再次搭乘白 61 公车来到目黑车站前。在下车的对面搭乘池 65 巴士往池袋前进，下车后根据前晚在网上演练搜寻过的路径，走一小段路去另一端的巴士亭搭乘池袋车站前发车的池 86 前往涩谷，在涩谷要换田 87 前往白金高轮站前，再转乘东 98 去近期很多杂货生活家推荐的等等力溪谷。

Milly 总以为地铁是蚯蚓，在地底穿来钻去看不见阳光和窗外景致，巴士是猫咪，可以透过车窗好奇地探险，欣赏着晴天雨天不同的车窗表情。搭乘过穿越过的路线，透过车窗的观察，更可作为下次散步的路线参考，换车转车间途中下车也是乐趣之一。

那天到达涩谷车站在转搭田 87 前，先去了站内的美食街买了色彩美丽的赏樱寿司便当，决定带去等等力溪谷野餐。

可是虽说事先在网上演练过,但毕竟是第一次搭乘的路线,状况还是很多。首先搭乘田 87 到达白金高轮站前后却没发现东 98 的站牌，正在慌乱中瞥见远方的路上不正是东 98！依循方向追去，却又迷了路，就自暴自弃胡乱搭上眼前的巴士先转去品川，从品川转去目黑，在那里很幸运地又看见了东 98，就这样意外地顺利到达等等力溪谷。

后来搭乘了几次东 98 巴士，发现虽说都营巴士网站是建议在白金高轮站前转车，可是实际上更明显的转换站是鱼篮板下站。
搭田 87，白金高轮站的前一站正是鱼篮板下站，而东 98 也会停靠同一个鱼篮板下站牌，如此就不用再找站牌。而虽说东 98 和田 87 都有白金高轮站前，但实际上东 98 的站牌却是在转弯处另一个地点，没地图参考会很错乱。

是不是看得迷迷糊糊？即使事先搜寻规划过，不实际搭乘一次还是无法抓到诀窍。搭乘过一次就会发出“啊！原来是这样”的欢呼声。
同样发出“啊！原来是这样”的经验是，原来东 98 是都营巴士和东急巴士共同行驶的路线，所以站牌时刻表会出现两个系统巴士的行驶时间。有时甚至会出现这里有东急巴士停靠，都营巴士却在几步路前另一个站牌的情形。

一阵搭错车,比预计晚了一个多小时到达等等力溪谷,却发现另一个事实，就是这被日本生活作家赞许的溪谷其实不大，在阳光下沿着溪谷散步，的确有郊游气氛，却没有预期中那么凉爽清新，更意外的是完全没有小歇野餐的空间。

好不容易走到尾端的等等力不动尊，发现视野不坏的木平台和木桌椅，

却大大地写了境内禁止饮食。

于是在溪谷野餐吃赏花便当的想法也就不能实现，好在一旁的停车场有株满开的樱花树，就在樱花下吃便当野餐起来，只是中途会有车辆进出的小干扰。

自己的樱花便当宴后，小小状况不减兴致，继续前往等等力商店街，目标是同样广受推荐的蛋糕屋。

AU BON VIEUX TEMPS 是颇负盛名的法式甜点蛋糕屋，主厨是被其他蛋糕师傅称为师匠的河田胜彦。日本桥高岛屋百货和新干线也有这家甜点屋的糕点出售，而本店正是在等等力商店街入口处。

在店内看见不少熟客来买糕点，外国人也不少。点了迷你水果塔配上红茶作为刚刚樱花便当的饭后甜点。水果塔一个430日元，很精致也很好吃，但很小巧，以刀叉当比例尺就可以发现。

很推荐这家好吃的甜点屋，喜欢吃法式甜品的更不要错过。

AU BON VIEUX TEMPS
世田谷区等等力 2-1-14
9:00—18:30，周三休

不搭乘都营巴士，可搭乘东急巴士直接前往商店街或搭乘东急电铁大井町线在尾台山站下车，步行过去不过三至五分钟。

不喜欢重复相同路径，再走回等等力车站搭乘巴士也太远，于是根据手上详细的东京 23 区地图，决定在好天气下慢慢走到目黑通去，在目黑通上再继续搭乘东 98 巴士。之前搭巴士经过等等力七丁目站时，透过车窗看见一棵樱花满开大树，也想去探寻一下。
Milly 是大路痴，但胆子依然很大，喜欢这样透过车窗瞥见一个景色就坚持要去找回确认。当时倒是没想到 Milly 这有点鲁莽的行动，却让自己很意外地邂逅了一家很棒的咖啡屋。

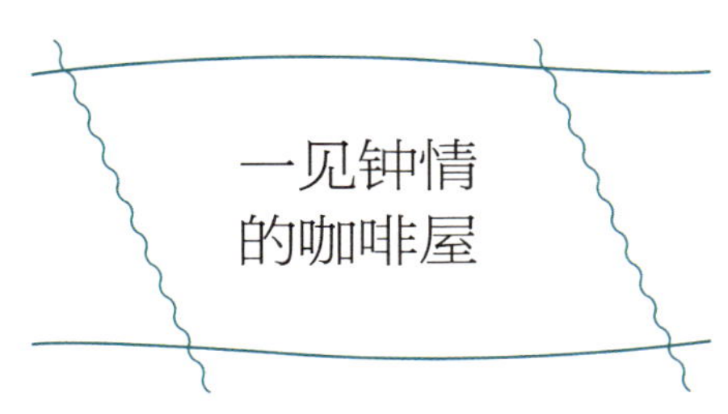

一见钟情的咖啡屋

顺着商店街道路前进经过尾台山电铁站不久，果然看见了一座名叫ねこじゃらし的公园（猫尾草公园？）满开着樱花，附近居民也都带着小朋友在花园内野餐着。

当天目黑川的樱花还只是五分开，这里的樱花却是满开状态，非常耀眼，意外有了短暂的赏樱时光。之后再往前一小段，看见了一栋古建筑，房前停着辆挂着 Café 六丁目牌子的旧单车。

咖啡屋？好有风味的感觉，从小小开放的窗户左探右探，看来又像是旧家具（非古董年份的风味旧家具和家饰）屋。

实在是太好奇，外观和窗内透出的风味又那么让人一见钟情，于是虽然才刚从蛋糕店咖啡屋离开，就又进入了一家咖啡屋。

咖啡屋叫作 Café 六丁目，应该是因为坐落在谷町六丁目的关系，是家可以带宠物入内的咖啡屋。

进去一看，果然是 Milly 喜欢的咖啡屋模式，有些怀旧却又带些时尚，说是时尚却又不失温暖的安稳。

进门先看见有品味的古家具，走入店内咖啡屋空间，旧沙发和木桌椅上坐满了带着爱犬用餐的客人。

客人都很世田谷风味，看来都有些生活富裕，但不是那么铜臭味，很乐在悠闲生活中的模样。

店内空间看似堆了很多物品，却是乱中有序，处处可见店主的心思，尤其是坐在瓷砖柜台区喝着店主用心调配、超级好喝的冰红茶时，可以看见柜台上和柜台内的每个角落都颇有个人风格，可以体会这是家店主很认真去营造店内空间的咖啡屋。

如果 Milly 可以幸福地住在这一区，一定会将这间咖啡屋设为悠闲路线上的绝对定点。店内客人也似乎以熟客为主，真好。

http://sixchome.exblog.jp/i5

以上是咖啡屋的 Blog，进去看一下就能体会 Milly 喜欢的理由。

ねこじゃらし公园

有趣的是回到旅馆看一本东京悠闲咖啡屋 MOOK，赫然发现书中也推荐了这间咖啡屋，Milly 日前还折出一角试图探访。

没想到却是这样无意地进入，果然若是喜欢的咖啡屋，即使是小小的招牌隐身在住宅区一角，也会吸引自己进入。

此外更讶异地发现，这间咖啡屋营业时间在平日周一至周五是晚上 6 点至凌晨 1 点，只有周六周日和假日才是中午 12 点开始营业。

就是说，如果那天不是假日就会跟这咖啡屋擦身而过，果然 Milly 跟咖啡屋间的磁场很强。

喝完透凉的柠檬红茶离开咖啡屋，在进入目黑通大马路前果然看见了。在住宅间的艳丽樱花，是那样透过巴士车窗一秒的交错也能让人惊艳的樱花，不虚此行。

Café 六丁目

世田谷区等等力 6 丁目 6–

周四休

目黑通
巴士 98
途中下车

离开了 Café 六丁目，找到了路边艳丽的垂樱，找到等等力七丁目站牌也同时回到目黑通。

目黑通要说区域印象，特色就是家具通，除了不少时尚家具家饰店外，也不乏旧家具家饰店。其中更有不少具目黑通特质的家具店附设咖啡屋。顺着宽敞的目黑通一路散步，最大的好处是不会迷路，如果累了，身上有张都营巴士一日券，上车搭一段巴士之后随兴途中下车即可。

在目黑通上有间设计生活风 HOTEL CLASKA。每次来到这区域一定会进去瞧瞧，喝杯咖啡小歇或是吃个中饭。

这是一间很有想法的旅馆，旅馆内有艺廊等展示空间，一楼的餐厅和 BAR 是附近居民吃饭聚会爱去的地方，另外还有餐具和家具的网购服务。因此，与其说这是一间住宿用的设计风旅馆，不如说这是一个现代生活提案的发讯基地。

HOTEL CLASKA

此外从目黑通和自由之丘的交叉口进去，沿着自由通走不到三分钟就可以看到路边辻口博启的蛋糕屋 Mont St.Clair。如果往另一端的八云三丁目下坡走去，则可以发现一家在小学对面很有风味的家具屋 Time&Style，这里也有咖啡空间。

一路停停走走，把巴士当成出租车，上上下下途中下车，通过目黑车站后往白金台方向前去，选择在白金台东京都迎宾馆庭园美术馆一旁的白金台五丁目站下车。

天色已经渐渐昏黄，庭园美术馆就不逛了，直接走进庭园美术馆正门边不用买门票也可以入内的咖啡屋 cafe 茶洒 kanetanaka。

咖啡屋由百年老铺料亭金田中企划经营，有面向街道的露天咖啡座以及可以窥看和风庭园一角的室内空间。午餐的时间早过，来个稍晚的下午茶则还在情绪容许的范围内。

点了甘味“黑蜜きな粉の白玉”（黑蜜黄豆粉丸子），配上以和器皿端上的咖啡，选了可以窥看庭园的座位。

那和风甜点端上来的姿态很禅意，含蓄中又有强烈的甜腻，跟咖啡意外很合。

前往白金台的庭园美术馆，不搭乘巴士可从目黑车站走过去，大约十分钟上下，也可以搭乘地铁在白金台下车走过去约五分钟。

cafe 茶洒 kanetanaka

cafe 茶洒 kanetanaka

都港区白金台
5-21-9 东京都庭园美术馆
10:00—22:00，无休

继续搭乘东 98 巴士往东京铁塔方向前去。
不知多少次进出东京，不知多少次从远处观看着阴天晴天下、暮色和黑夜中的东京铁塔。但是进入东京铁塔内部似乎一次都没有，像这么贴近地在东京铁塔之下仰头看着眼前的东京铁塔，记忆中也不过是第二次，很熟悉又很生疏的距离。

东京铁塔是东京都会的地标，是不论日本人还是外国人似乎都该朝圣一次的地方，只是真的以为观光一次就够了，远望东京铁塔的姿态还是比进去铁塔内买纪念品看蜡像美好得多。（进入东京铁塔大展望台加上特别展望台的入场券是 1420 日元。）

在一天巴士旅程的尾声中，从不同的角度在夜色中看着东京铁塔这经常在日剧中浪漫演出的大配角，不过是自己一个人坚持的快感罢了。（笑）
之后在东京铁塔一站再次搭上东 98 巴士，于鱼篮板下站换搭田 87，到达涩谷后继续搭乘池 86 回到新宿的新宿伊势丹前。

那天 8 点多在巴士上买下一张都营巴士一日券，之后一天内上上下下巴士，以途中下车来散步，成绩是一共搭乘了 15 趟巴士。
如果以每趟车费 200 日元来计算，实际车费就是 3000 日元，以一张 500 日元的一日券去实行当然是大胜利、大划算。

东 98
番外篇

在日本尤其是在东京都，要做一个ランチの女王（午餐女王）是很幸福也相对可以很简单的事情。

在东京都，不同的区块有不同风情的餐厅。和晚餐相比，中午的商务套餐、本日特餐也都价位合宜，让人心动的选择很多。Milly 多数是一个人旅行，去找一家一个女子也可以怡然自得的美味餐厅，几乎是每次东京散步最大的乐趣和任务。

4 月 9 日一大早，或许是第二天就要从东京暂时离开两周去加州探亲，突然就很想吃一碗讲究的米饭午餐。搜寻脑中非去一次不可的餐厅，位于目黑通上的一家米谷店麦とろ大黒屋的午餐套餐立刻浮现，目标锁定，不多犹豫立刻转搭巴士 98 号一路前往。

麦とろ大黒屋是营业 50 年以上的老铺米店，大约是 30 多年前开始在米店空间一角经营起快餐部。大黒屋是米店，麦とろ是快餐部。

现在主要是由第二代老板角田佑一当家。让大家能明了米饭的极致讲究和美味，是小老板角田先生的志向与坚持。

米店的快餐部，米饭自然是大家来此用餐的期待点，不过就像这间快餐部的店名一样，这里的饭是麦子和白米以 4:6 比例调配的麦とろご饭（山药麦饭），是比白米饭更多人点的饭类。

麦とろ大黒屋

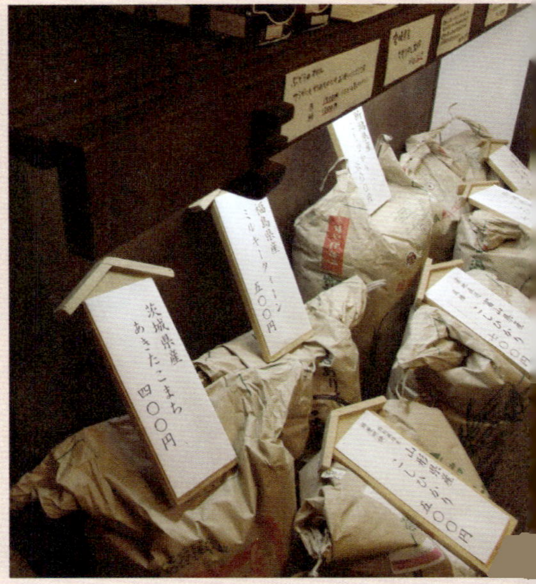

とろとろ是黏糊糊的意思，所谓麦とろご饭，不是米饭本身黏糊糊的，而是将山药泥淋在麦饭上的吃法。除了米饭讲究，这里的腌菜也是用自家的米糠腌制，配菜红鲑鱼等也都颇有水准，不输给一般正统的料理餐厅。点了招牌 1800 日元的麦とろ快餐，多花 100 日元可将味噌汤换成加了猪肉、红萝卜、蒟蒻、牛蒡等青菜，料多营养的豚汁（猪肉青菜汤）。的确，比起一般快餐部，这里的午餐套餐贵了一些些，但是从一碗饭到每一份小菜都讲究食材和突显原味的烹调，吃完很饱足，却不会有油腻腻难消化的负担感。

吃完饭可以到一旁去看看日本特选米出售的样子，不怕重量地扛一包米回去，应该也是值得实践的疯狂行径。这里同时出售各式各样特选的农家有机鸡蛋、乌龙面、酱油等食材和调味酱料。

麦とろ大黒屋

目黑区碑文谷 5-7-2

11:30—14:00， 17:30—21:30，

周三和每月第四个周四休

要前往麦とろ大黑屋，在东 98 巴士碑文谷五町目交番站下车走过去是最近的，吃完中饭继续搭上巴士往目黑车站方向走，不多久在目黑消防署前站下车，去一家被家具围绕着的咖啡屋吃饭后甜点。

在三层楼高的欧风古董家具屋 GEOGRAPHICA（ジェオグラフィカ）二楼，有间位于展示空间内的咖啡屋 IL LEVANTE。

IL LEVANTE 是供应意大利料理的餐厅和咖啡屋，受到附近富太太们的喜爱，她们会相约在此吃中饭和下午茶。为什么会受到富太太喜欢？可能是因为从这餐厅可以眺望到挑高大厅的华丽水晶吊灯，整个空间因此散发出古典高雅的氛围。

喝下午茶时发现桌旁的灯饰、一旁的柜子和用餐的桌椅都贴有标价，就是说如果喜欢上这里的家具，就可以“喜欢吗？买给你——不是！卖给你！”

Milly 不是富太太，但偶尔会无来由地想做作一下，让自己幸福地做作一下。这 IL LEVANTE 的确很适合，毕竟空间高雅，但也不会过于高档让人肩膀松弛不下来。

1000 日元不到就可以喝杯咖啡品尝着精致盘饰的蛋糕，举止要优雅些？（笑）也无须太刻意，动作缓慢些，说话的声音不要太大，就可以了。

IL LEVANTE
目黑区中町 1-25-20
ジェオグラフィカ 2F
11:30—23:00，无休

IL LEVANTE

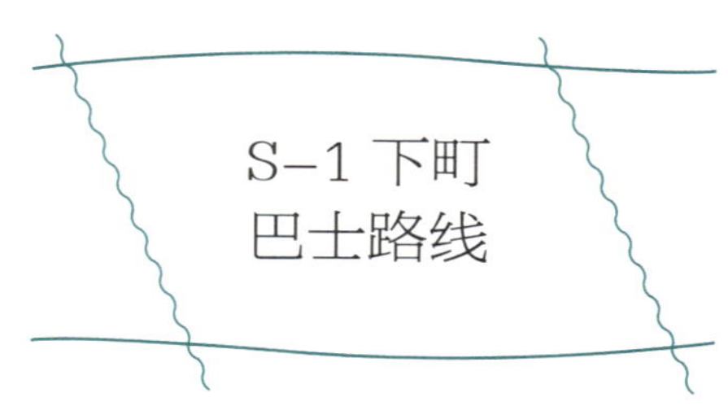

S-1 下町巴士路线

即使手上没有都营或其他系统的巴士一日券去上车下车突破极限，单单以巴士来做一个主题散步也是不错的。

在东京有几条很适合途中下车的巴士路线，一条是在东京车站发车的S-1观光巴士路线，另一条则是行驶于浅草和谷根千区域的東西めぐりん观光巴士路线。

東西めぐりん观光巴士路线的一日券不过 300 日元，购入后其他像是北めぐりん和南めぐりん路线的巴士也可以搭乘，是在东京下町游览时非常划算的一张票券。

東西めぐりん观光巴士

S-1 的圆形车窗

S-1 巴士路线又称为东京梦之下町，搭乘一次的费用是 200 日元，没有一日券，但使用都营巴士一日券便可不限次数搭乘。

S-1 巴士外形跟下町风情完全背离，不是复古或是和风造型，反而是超现代科技银的车体，里面的流线型座位很宽敞，圆形车窗看出去的街景也很有情趣，在几次的搭乘经验中发现即使是东京人同样会搭乘，想必是看上这巴士内装的舒适吧。

S-1 巴士从东京车站丸之内北口的丸之内 OAZO 前发车，终点是 JR 两国站。中间会经过日本桥三越百货、须田町（秋叶原电器街入口）、上野公园、上野站前、菊屋桥道具街、浅草雷门以及都营两国站前（江户东京博物馆前）等停靠据点。

秋叶原、上野公园、浅草雷门和江户东京博物馆都是外国观光客必到的地方，车内也因此每站都有英文、中文和韩语的广播。

以 Milly 来说，搭乘一次就无条件喜欢上，最喜欢的正是那从圆形车窗看出去的街道模样。完全是个人偏好，很难以逻辑说明。

S-1 东京梦之下町

威士忌酒咖啡

对于秋叶原这宅男圣地没多大兴趣，几次搭乘都是从东京车站出发，目标几乎都是浅草。那天在浅草下车，沿着雷门通再右转进入オレンジ通り(橘子商店街)，去找一间昭和21年开业的洋菓子咖啡屋ANGELUS(アンヂェラス)。

预期喝杯“酒mix咖啡”的组合。在杂志上看过那小玻璃杯中装着琥珀色酒放在怀旧咖啡杯旁的照片，很憧憬，之后就一直想找机会到浅草探访这超过60年历史的老铺下町咖啡屋。

“浅草に行ったらアンヂェラスのお茶とケーキ”(去浅草的话，就要去アンヂェラス喝杯茶吃个蛋糕)。在昭和时代曾经有这样一个说法，可见这间老铺洋风咖啡屋在下町浅草的地位。

从像是欧风度假小屋的店面推开木门进去，果然里面的一桌一椅、柜台以及玻璃柜里放置着糕点的模样，都像是存在于停滞的时空中一般。

甚至连那拿着menu过来的女服务生都像是坐着时光机过来的古人。

拿着绅士雨伞将公事包往椅子上一丢，挂上外套，一杯咖啡为伴，翘起脚看着体育报的老先生，也似乎是在那角落不断重复出现的画面。

Milly 最喜欢的是登上短短的镂花阶梯后，二楼那以黑白图案装潢的典雅隔间以及那微妙突出的黑色阳台。很想上楼坐坐，可惜二楼满座，懊恼！

拿着 menu 研究了一会儿，点了一杯威士忌酒咖啡，端上的却只是一杯普通的热咖啡，跟在杂志上看见的模样完全不相同。
一口喝下去的确有威士忌酒的香味，但不该是以这样的模样端出来啊？
接下来就知道了，“真是的！完全点错了。”
虽说是有酒没错，后来再进一步查看，答案是那杂志上显示的是梅酒加上冰咖啡的组合，将一杯梅酒放在冰咖啡旁，随个人喜好加入。

原来这咖啡屋最具人气的是ダッチコーヒー（Dutch Coffee，也就是所谓的水出冰咖啡或冰滴冰咖啡），更让人惊讶的是，攻略显示其实日本所谓的水出しコーヒー，正是由这家咖啡屋发展出来的。加上梅酒的冰咖啡组合是梅ダッチコーヒー，采用的正是那招牌的ダッチコーヒー。

另外店内裹上巧克力称为アンヂェラス的蛋糕卷也深受东京名人雅士喜爱，像是川端康成、手冢治虫都是这里往昔的常客。功课没做好就闯进一家有历史的咖啡屋，失败了也没话说，要洗刷那懊悔，看来除了改日再来别无他法。

ANGELUS
台东区浅草 1–17–6
10:00—21:30，周一休

Zakka & Café 土日 Lion

同样是搭乘 S–1 可以到达。

在浅草有这么一家可以去顺路探访的咖啡屋。关于这咖啡屋的关键字是：前去交通方便、周边适合散步、空间宽敞天井够高、木质空间、不定期举办杂货展览、偶尔会有音乐会、只在周六和周日营业。

只在周末营业？会不会太娇纵了些？（笑）也不会，毕竟咖啡屋已经很清楚地定名为 Zakka & Café 土日 Lion，土曜日及日曜日，当然是在周六日营业。

严格说起来，咖啡屋空间是拍摄照片和影片的场地，所属的公司更是摄影外景规划、摄影棚租借、道具制作的制作公司。咖啡屋空间的正确名称是 LION BUILDING STUDIO 摄影工作室，建筑本体建于 1934 年。目前三层楼都可以租借作为摄影棚，一楼空间则在周六周日变身为咖啡屋 Zakka&Café 土日 Lion，一间像是灰姑娘只在星期六星期日存在的咖啡屋。

空间内摆放着像是道具的大木桌椅，一旁有厨房和蛋糕桌，一入门的开放空间是杂货作品展示区，前去的那天展示的是创意布偶熊。

以整体的空间来看，以为与其将这咖啡屋归类为 Zakka&Café，不如归类为 Studio + café。

不过正因为是摄影工作室，很多时候官网上都会贴出“スタジオ撮影业务のため休业”（因为摄影的关系休息中）的字样。

都已经是周六周日限定的咖啡屋，有时却又不营业，这样的咖啡屋真是做兴趣的。

空间宽敞舒适，但或许是开店时间难以掌握，客人不多，店员也不热衷招呼，置身在这咖啡屋内有说不出来的自由自在。

有趣地发现除了 Milly 外的三桌客人也都是一个人前来，都像熟客，每人占据一个大桌子，有的一心不乱地看着书，有的低头画着画。的确，这样任性的咖啡屋，如果不是熟悉它的个性去容忍迁就它，可能就很难亲近它。

真想成为它心甘情愿的俘虏。

只要一到周六和周日就会想起它的咖啡屋。

这样的咖啡屋，你一定以为是在很偏僻的角落，其实完全相反，咖啡店在大马路边，距离观光客非常多非常热闹的浅草雷门不过是五分钟脚程，或许你曾经路过却忽略了也不一定。

Zakka & Café 土日 Lion

台东区雷门2-11-10

http://www.another-day.co.jp/book_cafe/cafe/

宅建協会
ペペル モコ
やってるよ。
AM10:00~PM24:30
押す
ペペル モコ
コーヒーとケーキのお店

7

JR 中央线个性途中下车路径

高圆寺银座商店街

桃太郎寿司

面包屋 bakery hirose

据说东京 JR 的中央线，在东京是日本各地移民最多的地铁线，或许正是因为这一点，即使每站的距离不长，却都能呈现出不同风貌，很适合做一段小小的途中下车散步。

民族风情
高圆寺

从新宿出发搭上中央线，第一站途中下车高圆寺。上午十点多，很多店家都还没开张，除了站前市场。于是先去每次来到高圆寺都要去探望、位于车站北口铁道下方的桃太郎寿司，因为这里有很多滞留东京两年的回忆。

那时住在高圆寺前一站的中野周边，想吃便宜又分量很多的散寿司套餐时就会沿着铁道慢慢走到高圆寺，吃一个中午有汤、水果、茶碗蒸的两层装散寿司套餐，记得那时一份不过 680 日元。

之后以高野青果为路标进入纯情商店街闲晃。至于为什么叫高圆寺纯情商店街呢？商店街原本的名字是高圆寺银座商店街，之后出身本地、老家在商店街开干货店的小说家ねじめ正一先生写了本以这商店街为背景的小说《高圆寺纯情商店街》，后来小说还得了直木奖，于是不久这商店街就改名为高圆寺纯情商店街。

原本来到这商店街是要发掘一旁庚申通上太一市场内的越南屋台料理店，可惜那天临时休息，扑了个空。

据说这越南小摊的风味很地道，在同条庚申通上还有韩国餐厅きむち，提供东欧家庭料理的 HowHightheMoon 也很赞，由此也可以窥见高圆寺多民族风情的特色。

除了可以吃到世界各国的料理，高圆寺吸引年轻人的另一个主因，则是这区域集结了不少民族风服饰店和二手衣的古着店。这类服饰店除了北口站前商店街外，大多集中在南口的パル商店街。

其中有个特例是店名很可爱、位于纯情商店街附近的 Oh là là，店内展示的是法国品牌的二手衣，是挖宝的好地方，店内还开有法语教室。

Milly 倒是对 Oh là là 对角的破旧面包屋ヒロセ很好奇，明明很残旧，却像是生意很好，出售的还是时髦的法国面包。

这间面包店位于中通商店街，全名是丸十ベーカリーヒロセ（bakery hirose）高圆寺站站前店，关注点是长年出售以纪念高圆寺阿波舞为主题的阿波踊りサブレ糕点。

说到了高圆寺阿波舞，不如就干脆深入说说高円寺的各种渊源。

首先为什么要叫作高圆寺。理由很单纯，就是因为在南口有座曹洞宗高圆寺，70 年代很多来东京闯天下的外地摇滚乐手和音乐家在此发迹，到

二手衣店 Oh là là

现在还是可以在区内看见不少乐团练习场地。
而后周边兴建了不少专科学校和预备校（升学补习班），于是高圆寺就越来越是年轻人聚集的区域。
年轻人多，古着店就越来越多，极盛时期甚至有二百多间二手衣古着店。
年轻人对于吃喝饮食的包容度较大，于是这区也出现了许多不同国籍的料理餐厅，如此这般不但让当地的居民越来越年轻化，喜欢来这里聚会逛街的年轻人也就越来越多。

Milly 个人以为，在气质上高圆寺跟下北泽很像，都很年轻和艺术人文气息，只是下北泽是以剧团为主要发展中心，高圆寺则是乐团。

至于每年在夏日 8 月举行的高圆寺阿波舞祭，则是从 1957 年开始。为何在东京会出现很像是四国德岛的阿波舞祭？似乎是某些人想出的点子，企图振兴地方经济的催化剂而已。此外，近日还有一个特色建筑吸引大家进入高円寺，那就是由伊东丰雄设计的演剧场地座・高圆寺。这间外观新颖的演剧场在 2009 年 5 月开幕，Milly 是 4 月底从东京回来，错过了第一时间邂逅的机会。

CLUB DIABLO
ROCK BAR
VAMP
2F
SOUND STUDIO
DOM
3·4F
格安
ギターベース弦
ドラムスティック
レコ針DJ他
NO PARKING
商店街に自転車を止めないでください。
Sound Studio
DOM
000円/h~2100円/h
500円/h~
個人練習
03-33 8-3569
ビル3F
HOYA
LENS
HOYA FRAMES

在商店街游晃后肚子也有些饿了，于是在距离车站北口步行两分多钟的海鲜创作料理 GANJuuYAA 吃了份海鲜盖饭。

很奇怪的餐厅名称吧！
微妙的大写小写英文字母组合，其实是冲绳方言元気人（活力人）的意思。
餐厅整体规划是怀旧和风居酒馆，空间很宽敞，在此用餐很舒服。
尤其喜欢斑驳地板上木桌椅相距得宜的配置，当阳光经由侧窗洒入时，那光景有说不出来的温馨安稳感。
这里似乎是颇受附近女性喜爱的午餐餐厅，各式海鲜料理套餐都走清淡路线，同时分量适宜，海鲜强调绝对新鲜，这点可以由店家的休息日是配合筑地市场休息日看出。
除了食材新鲜，更重要的是餐点价位非常经济合宜。Milly 点的是金枪鱼海鲜盖饭套餐，味道非常美味爽口，价钱不过 580 日元，真是便宜。
是家可以放入私家美食名单中的午餐喜爱餐厅，下次再来高圆寺应该还会记得来吃个中饭。

GANJuuYAA
杉并区高圆寺北 3-22-8
11:30—15:30，17:30—24:00，无休

绿意 悠闲 阿佐佐谷

吃过没有太多肠胃负担的中饭后，继续搭乘中央线，在下一站阿佐佐谷下车。

相对于处处有过往探访足迹的高円寺，阿佐佐谷算是首次认真探访的地方。

一出了阿佐佐谷车站，Milly 首先要去找一只兔子，一道以兔子为造型的和风甜点，由一家叫作兔子屋（うさぎや）的和果子屋贩售。

兔子屋是在阿佐佐谷车站北口出去往新进会商店街前进的路线上，1957 年开业的老铺，除了那很受欢迎、常被客人买来送礼的铜锣烧外，可爱的兔子馒头更是杂志在介绍阿佐佐谷时常登载出来的甜点。

Milly 自然也是看了杂志介绍，虽说不是那么偏爱和风甜点，还是依着地图，迷路也不放弃地来到这和果子屋前，排队买了一只。不应该说是一个 150 日元的兔子馒头，真是很可爱，几乎不忍心一口吃进肚子去。

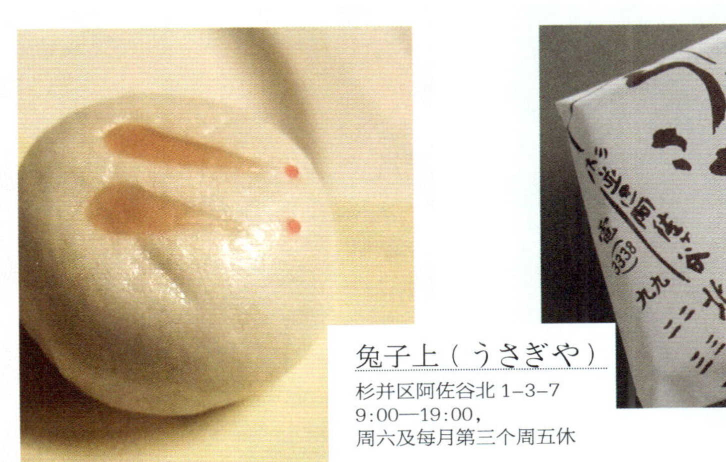

兔子上（うさぎや）

杉并区阿佐谷北 1–3–7

9:00—19:00，

周六及每月第三个周五休

hara
はらドーナッツ
28-9
DREAM BABYS

完成寻兔任务后，先悠闲地沿着有高大行道树的中衫通游晃。比起商店密集的高圆寺，阿佐佐谷相对绿意丰富，居民的年龄层似乎也高些，资料显示日本文学家太宰治和与谢野晶子都是在这里出生成长的。
中衫通有宽敞的人行步道，路上车流也不算嘈杂拥塞，是适合散步的路径。走着走着，看见一家可爱的甜甜圈店，走近一看，原来是一家名叫はらドーナッツ、以豆腐为食材的甜甜圈店。

近日东京多了很多这样讲求食材和健康的甜甜圈店，有趣的是每家这样的甜甜圈店内，柜台后和厨房中都有一群可爱的女生为着自己的甜点理想国努力着，这间はらドーナッツ甜甜圈店也不例外。
讲求健康的甜甜圈，除了用豆浆和豆渣作为主材料外，店内还卖加入红萝卜和菠菜的青菜甜甜圈。
Milly 偏爱南瓜口味，于是买了一个南瓜甜甜圈当作晚上在旅馆的小点心。

はらドーナッツ
杉井区阿佐谷北 1–28–9 比嘉ビル 101
10:00—19:00，无休

看看时间，开始折回车站北口方向，这次朝着スターロード（星星路）方位走去，再次考验自己看图走路的能力，去找间很小很低调的咖啡屋。几乎是已经要放弃了，却恰好发现一座废墟建筑对面有户店家挂着很可

Inelle

杉井区阿佐谷北 2-12-7
12:00—20:30，无休

爱的招牌，正是目标咖啡屋 inelle（イネル）。居然如此低调地藏在那样不起眼的小巷弄内，真是考验客人的耐力。

说老实话，本来不过是想看看这间咖啡屋的外观，单纯只是来探探路。可是店内的气氛太清新可爱，忍不住就又推门进去，午餐时间，菜单上有午餐，于是又点了份午餐。
没关系的，好在刚刚的中饭真的只是一般女生的食量，哈哈，Milly 的胃口和食量可不是两份一般的午餐可以满足的，更何况是要贡献给一家可爱的咖啡屋。
这是间也展示手创艺品的咖啡屋，真的一定要强调是小型，因为不夸张，是真的很小巧的咖啡屋。
狭长的店内厨房调理台占了三分之一的空间，然后一旁是大约八个人就会坐满的座位，周围不同角落放置着各式各样的杂货、杂志、糕点饼干、酿酒缸和手工展示品。

最最让人印象深刻的是那用餐的桌椅，真的真的很小，小到像是幼儿园学生或是小学生的桌椅。
一点都不夸张，如果 Milly 是老板，一定要限制客人的体型，否则一定有很多人塞不进去，甚至会坐垮。

但是小小的空间内涵却很丰富，空间每个角落都透露着各式各样的想法，在等着餐点上桌时眼睛也完全不能休息。仔细看看，这么狭小的空间内还有一角是工作桌，上面放着半完成的手工作品。

Milly 点了一份サンボごはん（散步套餐），先是前菜沙拉，然后是主食，以蟹味菇及洋葱炖煮的鸡肉配上紫米。
好吃，不是那种很惊艳的美味，而是很家常，像是到很会做菜的朋友家做客所吃到的料理。因为是很小很小的咖啡屋，很容易在路过时忽略，却是很值得推荐的地方。

古书
古物
西荻洼

搭上中央线往下一个途中下车的地点西荻洼。本来西荻洼最大的搜寻重点是家可以进去喝杯咖啡的古书店。

中央线真的很有意思，虽说每个站距离不远，站前也都有商店街，却都各自发展出不同的街道风貌。高圆寺古着店多，阿佐佐谷绿荫多，而西荻洼则是古董店、古家具屋和古书店多。

充满期待地拿着标好位置的地图去寻找位于古书店区的ハートランド，但在巷弄中穿梭迷路，继续穿梭问路再问路，到达像是地址的所在，却完全看不见ハートランド ~ bookstore & café Heartland 的身影。

终于找到一个像是住在附近的年轻人，一问原来已经关店。Milly 参考的可是一年前才译成中文版发行的日文散步书。上网查看搜寻，才知道这间可以在书架间喝杯咖啡的古书店，早在 2007 年 5 月底就关店了。2008 年重新开业，居然位于长野县。

主要目标丧失了，反倒让 Milly 扬起不如来些新发现的斗志。基本上，从北口出来，沿着伏见通以古色古香的大众澡堂玉の汤为中心的周边，就有各式各样不同主题的古书店。

古书音羽馆还有自己的店面标志，另一家主要以旅游书为主的旅の本屋のまど也都是极为好逛的书店。

之后离开，转往西荻洼站南口中央通走去，很快就看见开业 40 年以上、以茄子意大利面和水滴咖啡为招牌的老铺咖啡屋それいゆ。再走过去些则有间新开张的蛋糕卷咖啡屋 ALICE CAFÉ。一新一旧都让人心动，但咖啡胃只有一个，最后选择只拍下それいゆ墙上那咖啡屋的琉璃砖瓦图案，就一心一意地往 ALICE CAFÉ 走去。

古书音羽馆

西荻洼古书区

それいゆ咖啡屋

旅书店旅の本屋のまど

Milly 对于纯白冷色调空间是无法抗拒的喜欢。以图片来看，ALICE CAFÉ 光鲜明亮，接近黄昏时分还是这样的氛围较好。

ALICE CAFÉ 位于商店街后端，一路上残旧老店家充斥，那纯白的门面因此更加显眼。推门进去也是色调一致的柔和乳白，很女生的咖啡屋。

ALICE CAFÉ

只是那天从进去到离开都只有 Milly 一人，虽是平日，那营业状况还是让人担心，下次来恐怕这咖啡屋就消失了。

毕竟是在商店街尾端不显眼的位置,周边没有相同气质的杂货屋或书店，光是一间咖啡屋似乎不足以撑起那专程过来的企图。当然如果咖啡的确好喝，天涯海角都应该会有人来。

ALICE CAFÉ 的整体空间的确满点，看出用心，招牌的蛋糕卷还不错，咖啡则差强人意。在西荻洼散步路上能有这样一家禁烟、有绘本书架、干净的咖啡屋空间，还是很值得珍惜就是了。

ALICE CAFÉ

杉井区西荻南 2–19–12 シーバース西荻 1F

11:30—19:00，

周四及每月第一及第三个周三休

夜色正好
吉祥寺

中央线途中下车的终点站在熟悉的吉祥寺，只是回想起来，很少在黄昏和黑夜时分滞留吉祥寺，体验过后就爱上了。

主要的原因是灯光，不同于新宿、六本木、表参道那时尚街道的青白冷色调，吉祥寺入夜后店家透出的灯火是昏黄的，让人感受到温暖和包容的氛围。

黄昏时分，跟朋友会合用餐前，先去了这区最爱的咖啡屋お茶とお菓子横尾，位于吉祥寺北口方向。点了份放了甜酒装点的可爱红豆汤加糯米丸子配上拿铁，然后放松肩膀地充分享受着店内那柔和的灯光以及安静沉稳的空气。

那端上的温热甜点真是模样可爱，Milly 一直端看着那一颗颗圆滚滚的白糯米丸子在红豆汤中围成一圈的可爱模样。砂糖也是静静端坐在一旁的小碟子上，堆叠成三角模样。

果然是日本人才会想出的用心，或该说是横尾这样用心经营气氛的店家才有的创意。

另外，上横尾网站去浏览时，还看见了一则很有意思的公告：“日前店内捡到一顶帽子，如果是你的，请跟我们联系喔。”多可爱的通知。

之后趁着上洗手间时，偷偷去看了店内一角放了书籍的绘本架子上那只小熊还在不在——耶，真是开心，橘色的毛线小熊依然在熟悉的位置上。

心里一阵温馨，改变虽然是好的，但有时坚持美好的熟悉感更是让人珍惜。

お茶とお菓子横尾

武蔵野市吉祥寺本町 2–18–7

12:00—20:00，

周二和每月第三个周一休

跟朋友相约在吉祥寺北口，然后前去就在对面以红灯笼妆点昭和风情的口琴横丁（ハーモニカ横丁）。本来这一带是很杂乱气氛很猥琐的庶民饮酒喧闹区，却因为多了些都会风情的咖啡屋、BAR 和洋料理屋台，让这个区域多了些摩登，即使是几个女子也可以轻松在此浅酌用餐，不会突兀。

难得的是，这些符合都会人情绪的摩登，不但没破坏这战后就存在、有 60 年以上历史的横丁风情，反而呈现精准的新 + 旧融合，让这有着 90 多间店铺的区域成了吉祥寺最有风味、愈夜愈美丽的所在。

至于为什么叫作口琴横丁，据说是由于那一间间以窄巷联结的店铺很像是口琴吹口的关系。横丁入口会看见“ハモニカ”的醒目灯箱，会让人以为这横丁是叫作ハモニカ横丁，其实那是无国籍料理餐厅ハモニカキッチン（Harmonica Kitchen）的招牌，因为这餐厅太受欢迎太有名，难免让人误解。

口琴横丁

每间餐厅都非常有特色，都想进去，后来被一家立食居酒屋ヤキトリてっちゃん那阵阵炭烤鸡串的香味给勾引，就进去了。

不过是晚上 7 点过一些，店内却早已满座。Milly 和朋友两人好不容易才挤在一个桌角用餐。因为是立食居酒屋，即使没座位，客人也可以端杯酒靠在柜台边上站着用餐。

环顾一下弥漫着烤肉烟味的店内外，客人有年轻男子，有上班族模样的大叔，有开朗的阿姨，还有几个金发老外，欢愉的谈笑声、此起彼落的点餐声和店员中气十足的吆喝声……让人也忍不住亢奋起来，食欲大增。

Milly 首先点了这类大众居酒屋常见的酒精饮品 Hoppy（ホッピー），然后看着墙上的菜单，之后一边饮酒一边加点着烤鸡串和下酒菜。

至于 Hoppy 是怎样的酒？简单来说就是苏打汽水加日本酒。据说在战后初期，刚刚进入日本的啤酒价位偏高，不是平民可以轻易饮用，于是商人点子一动，就发明了这样用苏打汽水加上便宜日本酒的“调酒”，有气泡又有酒精，不正是啤酒的滋味吗？
这喝法大受欢迎，从此成为大众居酒屋的特色饮品。

这里点餐千万不能斯文，要大声地喊出来，因为店内充满喧闹开心声浪的关系。点餐后店员会在客人面前的铁盘中放入不同颜色的小牌子和木条，结账时就以这些牌子为准。

这里的烤鸡串等料理非常道地，不但食材新鲜，火候也控制得非常好，像是烤鸡翅外皮很焦香酥脆，里面肉质多汁鲜甜，让人回味。

ヤキトリてっちゃん

武蔵野市吉祥寺本町 1-1-2
16:00—23:00

Neighbours
Silent Neighbours
ED VAN DER ELSKEN

8

在书店
除了买书
以外

咖啡屋和书店。

是 Milly 之所以更加喜欢日本，之所以能更愉悦自在地在东京散步的要素。

第一次在东京看到书店和咖啡屋密切结合是在六本木，合作的是星巴克和以租借影带起家的 TSUTAYA。

一般说来，在书店旁开设咖啡屋的情况并不少见，让消费者能更舒服地坐下来一面选书一面看书的书店也不少。但像 TSUTAYA 这样容许客人将书和杂志拿到星巴克座位上翻阅的，就真是有气度。

让客人把书拿到咖啡店座位上，首先会有失窃的风险，然后即使大家都是君子，却难免会不小心把饮料溅到书上。

本来还以为这样的结合很快就会因为书籍的损害率过高而消失，没想到不但六本木 Hills 的“书店 mix 咖啡店”形式依然健在，还陆续在其他分店中出现。

TSUTAYA 书店 mix 星巴克店

这次就又去了有乐町 ITOCiA 内有乐町丸井八楼的 TSUTAYA 书店喝咖啡，店旁很清楚地写着“TSUTAYA 店内所有的书籍，即使是购入前也可以拿到咖啡区阅读”。
不过这样 TSUTAYA 书店和星巴克的结合却有个小缺点，就是一位难求。毕竟能这样喝咖啡又免费看书，实在太舒服，于是每个位置都很抢手，一有人起来立刻有人坐下，除非是开店时就进入，否则还真的很难找个咖啡区位置坐下来。

ITOCiA
http://www.itocia.jp/

可以舒服地坐下来一面看书，一面用餐喝饮料的书店，在白金台地铁站转车时也发现了一家，居然是 Milly 喜爱的二手书店 BOOK OFF。
原本印象中带着残旧二手书店气味的 BOOK OFF 时髦了起来，不单是外观用了亮丽的白 + 蓝，店内的书籍配置和二手杂志区的内容也完全不

二手书店 BOOK OFF

同气质。果然，因为是高级住宅区才会出现这样的 BOOK OFF 新形态吧。

白金台的 BOOK OFF，咖啡区同样跟书店区相连，由店内用餐的大木桌可以看见一整面的书架，很壮观。

据说 BOOK OFF 企图经由这样的实验店来展开不同风貌的二手书店。

不知下一家这样的 BOOK OFF café 要开在东京哪个高级住宅区？

南青山？外苑前？田园调布？

BOOK OFF

港区白金台 4-3-19

8:30—21:00，无休

说起高级住宅区，就不能不提提那家位于南青山周边外苑西通附近的书店内咖啡屋 on Sundays。

虽说这是一家实实在在位于书店内的咖啡屋，但要归类为美术馆内咖啡屋也可，毕竟店名全名是 Museum Shop on Sundays。

on Sundays 是 WATARI-UM（ワタリウム美术馆）内设立的美术馆商品店，店内一楼有上万张各国明信片和文具等出售，地下一楼则是挑高的展示空间和贩售各类艺术书籍的书店。咖啡屋就在地下一楼，以楼中楼的方式占据一角。从小小的咖啡屋空间往上往下看去尽是书籍、书籍，因此 Milly 很执着地说这是书店咖啡屋。

有意思的是咖啡屋内没有常设店员，也没有一般咖啡屋那种煮咖啡和料理简餐的吧台。进入这咖啡屋空间，要先按一下入口处或桌上的铃，书店的工作人员才会匆匆忙忙上楼招呼，然后不知从哪里端出饮料餐点。

on Sundays
涩谷区神宫前 3-7-6
http://www.watarium.co.jp/onsundays/

Milly 那天没点咖啡，而是点了在咖啡屋 menu 上很少见到的热红酒饮料，放了莱姆片的热红酒以玻璃杯端出，放在一个红色小松鼠的杯垫上，真是很好看，不愧是美术馆规划的咖啡屋。

坐在狭长空间的咖啡屋内喝着香醇的热红酒，往下看到的是从地板一直延伸到天井的两层楼大书架，上层的书甚至要爬上梯子才能拿到。
突然感觉像是置身在图书馆中，一个空间奢华的图书馆，更幻想如果家中也有这么一座高到要用梯子才能拿到书的书架，那就把睡房设在书架边也就是这咖啡屋的位置上，那该有多奢侈啊。危险的幸福空间，让人忍不住痴想起来。

古书店林立的神保町区有间可爱绘本咖啡屋 AMULET，三年多前来过，可惜那时二楼咖啡屋被包下，不能入内。这次本来只是想去老铺蛋糕屋，

AMULET

没想到迷了路，意外来到 AMULET 店前。回忆一下子就全部涌现，于是丢开那什么名媛淑女爱用的古典糕点屋，没再多想就沿着楼梯上二楼咖啡屋去。

果然不辜负期待，是让人一进入心情立刻和缓放松的空间。书籍以绘本为主，但不是走粉红可爱路线，即使是男子应该也可以毫不害羞地进入。不过即使是在这样各大古书店内充斥着中年男子的神保町区域，这间 Book&Café 还是很不协调地独自清新甜美着，好在 AMULET 是位于巷弄内，不致扰乱了神保町整体的气质。

AMULET 是护身符的意思，不知道当初店主取这店名的用意是什么，只知道店主很自豪这里有很多在日本其他地方没看过的绘本，让喜欢绘本的人会忍不住一来再来。

一般来说，在店内一角放上绘本的咖啡屋不少，但 AMULET 一楼是贩售北欧风绘本以及手工杂货的店面，二楼则是展览区 mix 古绘本 mix 咖啡屋的空间，咖啡屋一面墙上放置着可以随手拿起阅读的绘本。
在 Milly 一个多小时的滞留期间，看见一个女子一直很认真地翻书抄笔记，看的好像是散步的书。不错呢，在散步路上看一本指引散步路径的书。

之后意外发现，原来 Milly 之前来时，这间店是位于神保町 1–52，现在则是在神保町 1–18–10 ，就是说搬家了。
新地址离地铁站更近了，记得上次前去是照着地图迷了好大一段路才找到，这回也是迷了路才跟这换了地址的 AMULET 重逢，真是缘分，再次确认了散步的力量。

AMULET
神田神保町 1–18–10 三光ビル 1F　2F
11:00—19:00，周日休

Cow Books

在东京其实不乏古书店和咖啡屋的结合，其中最有名的该是目黑川边的Cow Books。Cow Books 的店面非常小，但还是在中央设了一个图书馆阅览桌般的咖啡空间。

也是在目黑川边，经常被推荐的古书+咖啡屋的还有 combine。

combine 挤在一排餐厅、花店、家具店老公寓建筑内，店内大剌剌地露出水泥墙和管线，一边是随兴堆放着餐具酒瓶的吧台，另一边则是一大面的书架。

在书架和吧台间是不同款的破旧沙发和木桌椅，天气好时会将拉门完全撤去，让微风和阳光毫无阻碍地进入。

因为是在目黑川边，理所当然拥有一整面的樱花，樱花季节在这完全开放的空间喝咖啡看书赏樱花，或是大中午的点杯红酒发发呆，该是一大乐事。

随兴堆放在书架上的二手书，看见喜欢的可以拿下来阅读也可以购买。

这间咖啡屋的诞生，本来就是从开旧书店的 A 遇见了跟餐饮有关的 B 而开始的。

原本客人大多是在买二手书时顺便喝杯咖啡，现在似乎是喝咖啡或喝酒的客人较多的样子。

据说这 combine 到了晚上就变身为有个性的 PUB，很受老外欢迎，是白天黑夜完全不同表情的咖啡屋。Milly 白天点了红酒和咖啡，算是同时白天又黑夜吧。同行友人点了生金枪鱼盖饭，很洋风地在金枪鱼饭上铺上生菜沙拉，友人的评价是吃起来很不错。

Combine

目黑区中目黑 1-10-23
12:00—20:00，无休

位于地下一楼由日文杂志 SWITCH、Coyote 出版社经营的咖啡屋 rainy day bookstore & café，该是 Milly 这些年来来去去寻觅 Book+café 空间的体验中最喜欢的一间。
喜欢到，忍不住想独享。
不跟谁分享地，保留为自己的秘密空间。

正如同店名，是下雨天一进去一定不想离开的空间，毕竟是太舒适，仿佛被隔离在一个理想世界里。可能正因为是在地下室，才让人有这样的感觉吧。不过虽是在地下室，以木色为主体的空间设计得宜，不会有密闭的压迫感，被层次分明的书架和质感饰品围绕的用餐空间充满着柔和温暖的氛围。
本来以为只是空间好而已，本来以为反正是出版社经营的咖啡屋，端出的午餐或许就只是员工餐厅的水准，可是没想到午餐非常细致又好吃，颇有点京料理的上品滋味。

用餐前后等待和放松的时间里，从书架上拿出 SWITCH、Coyote 杂志翻阅，很有 Feel。本来就喜欢这两本杂志，由杂志社规划的咖啡屋空间很吻合杂志的人文深度，或许正是这吻合，完整了这 Book + café 的魅力。

rainy day bookstore & café

港区西麻布 2-21-28 B1F
11:30—22:00，周六 11:30—18:00
周日及每月第二、第四个周六休

580
580
580
780
580
580
大
漁
好会

9

吃吧！用味觉写记忆

真高尚拉面

东京的美食记忆从一碗都会拉面揭开序幕。

3 月 13 日一下飞机放好行李就一路杀到表参道，目标安藤忠雄规划设计的表参道 Hills 三楼创作面工房 MIST。在这餐厅内 Milly 和阿 tan 各点了碗拉面，以那美味去洗刷平淡飞机餐的记忆。

MIST 每天中午会提供酱油柳面 1200 日元、盐柳面 1250 日元、梅盐柳面 1450 日元等三种拉面，到了晚间则提供拉面主题的套餐和料理。

以拉面为主题的料理？

乍听真的很难想象，其实是在法国料理领域修行多年的森住康二主厨希望能将日本拉面文化推广到全世界，于是推出了以法国料理格局导入拉面意念的套餐料理，像是炭烤叉烧、水饺葱沙拉等。

一个女生也走得进去的创作面工房 MIST

姑且不论这家放着爵士乐、装潢摩登、一个女生也很容易进去的拉面主题店有怎样的伟大理念，能在安藤忠雄规划的空间吃碗拉面还是值得一试的。

当然要付出的费用就会高些。那天点的是招牌柳面 1200 日元，一般拉面不过是 350-680 日元不等，而且一端上来——呵呵！不同于一般拉面店的花瓷面碗，改用高雅白瓷碗端出，模样真的是很精致，甚至一瞬间以为“哇，好少”。

其实以女生来说是差不多的分量，男生就很难说。拉面风味还不差，汤头浓郁，自家制叉烧炖得很柔软，入口即化，自豪的特选日本小麦制作的细面也算好吃。

但要说到底值不值 1200 日元，就很难一口保证物超所值了，或许那用高脚杯端出的水和高档餐巾纸也要算在费用中吧 。

创作面工房 MIST

涩谷区神宫前 4-12-10
表参道ヒ象ルズ本馆 3F-M316
11:00—23:30，无休

排队吧，别放弃的美食！

记得某次去福冈曾经鼓起勇气，晚上坐在福冈特有的路边夜市小摊啤酒箱上吃着用小铁锅端出的迷你肠子锅。

算是爱吃那粗野风味的料理，吃过一次后还颇怀念，但是东京跟福冈的名物料理有啥关系呢?

其实是理所当然的，一个大都会像是纽约、东京、伦敦、巴黎、上海等都容易吃到世界各国的料理，同时也都可以吃到不错的地方料理。为了满足大都会刁钻的味蕾，只要是在地方有名气的餐厅也大多会被引入大都会中。正因如此，在东京可以很简单吃到四国的赞岐乌龙面、名古屋的咖喱乌龙面、北海道的旭川拉面，所以能吃到福冈的肠子锅也不用大惊小怪。

但如果 Milly 是一个人，应该不会刻意来到这很难预约的餐厅蚁月用餐。之所以会前去，自然是因为有东京当地人带路。那天跟 Milly 相约的是在东京已经住了六年以上的こうちやん，她对于吃没太多执着，所以当她说要带 Milly 去吃一家很难预约但很想再去吃吃的肠子火锅时，Milly 自然难免期待起来。

预约的时间是晚上 9 点，所以先去猿乐咖啡小歇聊聊天。9 点的预约?没错，因为这家店真的很难预约，所以只能预约到第二轮的用餐时间。

似乎真的是一家很难预约的店，在美食网站上，充满着“啊，好难预约！”“太好了！终于预约到了！”的字样。

蚁月肠子锅

因此即使已经 9 点，当进入代官山的蚁月 HANARE 分店时，店内还是满座；即使已经预约，两人也只能坐在柜台位。据说日本演艺圈的人也常来这家餐厅用餐，像是 SMAP 成员也偶尔会出现。

那天由こうちやん点了店内招牌的福冈肠子锅，加了韭菜、肠子、包菜、豆腐。很有趣的是，这里的锅分为白、银、金、赤、炎五类，那天点的是白，就是味噌汤底，而银是牛尾汤底，金是和风清爽汤底，赤是红味噌汤底，炎则是季节限量的火辣汤底。

吃过的感觉是很浓郁很野味！こうちやん是小食派，东西吃不多，一整锅满满泛出油花的肠子，大概都进了 Milly 的肚子内，肠子内一堆肠子！之后汤底加入米饭，变成了浓郁的杂炊锅，很有分量的一餐，大食客 Milly 几乎都有些撑不下去呢。

Milly 点了一壶温酒，端上的方式非常有风味，一壶酒就那样放在装了热水的漆器中端出，好喜欢。也点了生牛肝，血淋淋的，Milly 像是野兽一样吃下去，总之那天吃得很野。如果想更野，这里还有生马肉吃。结账下来大约是 8000 多日元，感谢招待。

蚁月 HANARE
涩谷区猿乐町 11–1 ラフェンテ代官山 B1
18:00—20:00（周日至 24:00）

日本美食杂志上、网络上，会有“行列ができるほど美味しいお店”、“行列必至”、“行列觉悟”等字眼，也就是说，餐厅美不美味，就要看大家是不是即使排队也要去吃。

基本上 Milly 是愿意为了美食排队的人，也很俗气地认为有很多人排队的餐厅比空无一人的餐厅有美味保证。
排队的极限是等多久？ Milly 大约一小时上下，再多就有些犹豫。

鮨からく是位于银座的高级日本料理店，晚间预算 15000 日元起，但中午有三种限量各 20 份的海鲜盖饭，每份居然含税只要 1000 日元，同时中午用的星鳗（穴子鱼）还完全是一流料理店水准，不偷工减料，这样实惠的午餐，要不排队应该很难。

果不其然，Milly 在开店 15 分钟前到达，看见店前已经排了长长的队伍，大家似乎都在暗暗数着人数，生怕自己是那 60 份之外的不幸者。

餐厅开门了，没能排到第一轮座位，必须等第二轮，等到可以坐下用餐时大约花了 35 分钟。

那天点的是杂志推荐的づけ・穴子丼（腌制金枪鱼加星鳗），满怀期待品尝后的感觉是很不错，是一流料理店该有的上品滋味，穴子鱼松软顺口，只是说多么让人惊艳倒也不至于。但是想到能借着午餐的特意进入一家或许不能那么大摇大摆进入的银座寿司屋，也是收获之一。

用餐期间透过柜台看见两三位年轻小师傅，有的负责各式海鲜盖饭上菜，有的在大师傅的监督下似乎正在调理晚间食材。或许这么一间门槛不是那么低的寿司屋，在中午时间提供经济午餐，除了让客人可以由午餐入门外，同时也提供了小师傅们的修行机会吧。

鮨からく
中央区银座 5-6-16 西五番馆 B1
午餐限定周一至周五，
12:00—14:00

终于吃到了从 MidTown 开幕以来就一直是大排长龙的比萨店 Pizzeria Trattoria Napule。
开店时间是 11 点，但几乎 10 点就排了长长的人龙，据说刚开幕时经常要排上一个多小时才能入店用餐。

每次看见那长长的排列队伍，不免好奇是怎样的美味让大家即使排队也要去吃，难道是跟杂志大力推荐有关？难道是因为这家比萨店有一位得到世界比萨大赛冠军的山本尚德大厨？难道真如一些博客所言是旅日意大利人都说好的意大利餐厅？
即使好奇，旅人时间有限，每次也只能隔着玻璃眺望开放厨房内比萨师傅们以熟练快速的动作用传统石窑烤着比萨的姿态。

那天是非假日，发现排队的人不超过 15 人，于是拉着朋友排队去，花了十几分钟总算有机会进入用餐。在候位时看见山本尚德大厨再度荣登世界比萨冠军的告示。

餐厅装潢走南欧风，店内座位其实不少，还有大热门的阳台露天座。店内穿梭着几位明显是意大利人的服务生，或许这也是这家餐厅标榜自己是正统拿波里比萨店的方式之一。

Milly 点了比萨午餐套餐，朋友则点了啤酒配上单点的前菜。午餐套餐1200 日元，有沙拉、比萨和餐后饮料。比萨不用太过夸张地去形容，却可以大声地说“好吃！”有炭烤比萨特有的焦香味，比萨皮很Q，吃得出手工口感。

朋友点的前菜更是不错，火腿和淋上橄榄油的不知名欧风蔬菜都很清爽好吃。

下次即使还要排队，应该还会想来再品尝一次。首先披萨真的好吃，分量足，中午价位很实惠，餐厅空间感也极佳。

吃完后大满足，走出餐厅看见依然有一长条人龙在排队，就更加满足。

Pizzeria Trattoria Napule

港区赤坂 9–7–4 东京ミッドタウン ガレリア ガーデンテラス 1 F

11:00—15:00，17:30—24:00

微醺
东京暮色中

小酌怡情。

曾经有个朋友这么说过，不能在用餐时小酌一杯，享受那微醺以及和三五好友举杯的欢愉，真是很遗憾。

Milly 也认为自从能自在地在旅途餐桌上享用一杯酒后，旅行更添了乐趣。

不同国家不同喝酒文化，不同的小酌环境，不同的微醺节奏。

大人的旅行，不能缺少甘醇的香气。

独酌不错，三五好友把酒言欢更佳，这回很难得地在三十多天的东京旅行前后都有朋友陆续加入同行。算了一下，这次跟 Milly 一起对饮的朋友创纪录地达到二十多人。

就是这样，滞留东京期间，几乎每晚都在微醺状态入眠。接下来就分享这属于大人的微醺美食体验，同时附上餐费让大家参考东京物价！

半藏门的お酒と料理 CORNET 是以无国籍创作料理为主的餐厅。

因为周五晚上的关系，偌大餐厅是满座状态，Milly 和阿 tan 幸运地取得最后两个柜台座位。两人各点了一杯红白酒，餐厅气氛偏向洋风，但不论料理或酒类都不拘泥国籍，西式料理喝日本酒也可以。

之后点了主厨推荐的沙拉，盘饰很棒，还有炸金枪鱼脸颊肉和炭烤土鸡肉。

配酒的餐食太过清淡也不好，搭配有点油质的肉料理最适宜喔。

旅行中第一晚，举杯说声“希望这次旅行一切顺利愉快喔，干杯！”是幸福的一刻。

料理不差，能充分表现食材的美味，尤其那很少吃到的金枪鱼脸颊肉，口感很棒，有吃鸡肉的错觉，难怪在半藏门是上班族推荐晚餐的餐厅之一。

那天喝了酒，配上下酒菜。

两人各一杯酒，三道分量很足的料理，酒足饭饱结账下来大约是 4550 日元。

お酒と料理 CORNET

千代田区曲町 1–8 JEN センター 1 F
11:30—15:00，17:30 —22:30，
周六日及假日休

PS：お通し

什么是お通し？

お通し（OTOOSHI），是到居酒屋点了酒精饮料后端上的小菜。

因此お通し也可视为是酒の肴（下酒菜）、先付け（前菜）。如果点的是不含酒精的饮料，也会端上一份お通し？

基本上点乌龙茶或果汁类无酒精饮料就不会附上お通し，但调酒类的沙瓦即使喝起来跟果汁汽水差不多，还是算酒精饮品。

日本人多数认为居酒屋端出お通し是理所当然的，但要注意这お通し可不是送的，而是要付费。费用大约是 300–500 日元上下，较高档的居酒屋甚至要付 700–900 日元。

以日本人的诠释，会以为这是所谓的“席料”SET 台费，大多会理所当然地结账买单，不会有争议。有的人甚至会以为斤斤计较那像是小费的お通し似乎有些小家子气。Milly 个人的想法是，如果那是一种习惯，那就去习惯吧。

Milly 居酒屋讲座

或许纯属个人偏好，Milly 老师还是要热情地开一堂纸上居酒屋讲座。

首先说说居酒屋大致的分类。

在社区内或是都会角落的人情居酒屋，通常是小小的一间，由欧吉桑欧巴桑在柜台后身兼厨师招呼客人。新宿的思い出横丁就很能呈现这类人情居酒屋的风貌，不过这类居酒屋的客人多数是熟客，旅人身份较难介入。

相对比较好入门的居酒屋则是大众居酒屋，像是大家熟悉的和民、白木屋、笑笑、甘太郎等。这类连锁大众居酒屋多数位于车站附近的大楼内，桌数多，空间较大，又大多有无限畅饮项目，经常被上班族和大学生当成聚餐联谊的场地。在大众居酒屋之上则是价位较高、空间设计较为讲究的都会风时尚居酒屋，或可称为清酒吧（Dining Bar）。

至于点菜逻辑，在点菜前请先点饮料，饮料送上后再慢慢考虑点什么菜。第一轮点菜以沙拉、冷盘为主，也可以留意菜单上季节推荐的旬料理，像是春野菜就是竹笋、油菜花、蚕豆等料理。

之后建议点份玉子烧（日式煎蛋），Milly 深信居酒屋尤其是一家以烤鸡串为重点的居酒屋，如果连玉子烧都做得不道地，那其他料理就很难期待，因为最简单最基本才见功夫。

居酒屋主角烤鸡串

目前为止吃过的玉子烧中，依然最爱土风炉的现煎蛋卷，热腾腾地一口咬下去，可吃到鲜嫩蛋卷内的高汤，那印在蛋卷上的“土”字样正是厨师的保证和骄傲。
此外六本木 Hills 内的居酒屋六藏，现煎蛋卷也超好吃，蛋卷上也很骄傲地烙上了一个“六”字，“土”与“六”大对抗。

第一轮点菜也可以点些烤鸡串、烤鸡翅，但无须一下子点太多，毕竟烧烤要趁热才好吃。
吃完第一轮食物后便可以点些分量较重的料理，像是蒸笼料理、杂煮、炸鸡块、烤金枪鱼下巴、烤全鱼等，然后加点第二轮烤鸡串。
在烤鸡串方面，Milly 个人偏爱鸡肝、烤鸡翅和烤鸡肉丸，其中最爱的就绝对是烤鸡肉丸。
烤鸡肉丸基本款是三个鸡肉丸串成一串，好吃的烤鸡肉丸要外侧烤出些许焦香，而里面鸡肉依然多汁鲜甜有咬劲。每家烤鸡肉丸会加入不同的食材，最棒的是加入鸡软骨，还有些会加入紫苏、山药或是鸡肝等。
烤鸡肉丸就这样吃已是充分美味，有的居酒屋更会配上生蛋黄或是半熟蛋，烤鸡肉丸沾上这柔滑蛋黄更是极品，非常推荐。
Milly 必点的居酒屋烤串还有烤牛舌或烤猪舌。牛舌猪舌除了肉质外，厚度更是要够才能有相对的口感，切得太薄是不行的。

之后如果有实力，还可以再点第三轮料理。建议点些淀粉类食物，让喝了酒的肚子能安稳下来，像是烤饭团、茶泡饭或是小碗乌龙面、迷你亲子盖饭，更完整些也可以点份和风甜点糯米丸子抹茶冰激凌之类的，大满足一下。

通常在第一轮点的沙拉及煎蛋卷、野菜

就是爱上居酒屋

赤坂见附近赤坂サカス内的DOZO在这回东京行中去了两回，第一回是小酌，第二回是大吃。

第一回点了白酒，这是Milly近年来的嗜好，以白酒配清淡的日式下酒菜。同行朋友不喝酒，以日本茶作陪。お通し的腌菜上以百合片模仿樱花瓣的模样，很春天。之后点了摆盘一流的春季蔬菜，以番茄味噌、山菜味噌、

姜味味噌蘸切得大小合宜的生菜吃，是初春的爽口美食。接着点了炭烤鸡翅、裹了芝士的鸡肉丸、以高汤入味的煎蛋卷和鸡肉杂煮，如此结账是 3013 日元。Milly 觉得非常划算，料理也精致美味，正因如此，之后又带着朋友来用餐。

第二回前去，很开心地利用了 700 日元都营地铁一日券的优惠券，跟朋友两人各换了一杯正常分量的白酒和柚子酒。（所以购入这类一日券时，别忘了在地铁站拿本季节性的优惠小册子，在沿线一些餐厅或美术馆可以得到一些折扣优惠。）

除了免费的酒之外，之后又点了温热日本酒一壶、季节生蔬菜拼盘、鲷鱼生鱼片冷盘、芝麻鸡翅、猪肉时蔬蒸笼料理、凉拌芥末章鱼须，每一样在好吃之余也都很好看，买单两人份 5300 日元。

用都营地铁一日券免费换到的酒

DOZO 是以周边商业大楼上班族为主要客流的时尚居酒屋，店内空间明亮宽敞，可同时容纳 180 人以上。除了采用当令食材做出讲求健康的精致料理外，日本酒也有 80 种以上的选择。这里中餐有定食、乌龙面和亲子盖饭等选择，都不到 1000 日元，评价不错，有兴趣的可以来试试口味。

同样在这次东京滞留期间上了瘾、去过两次的居酒屋，还有新丸大楼五楼的“万鸟”，号称是以法国料理的鸡肉做成炭烤鸡串等日式鸡肉料理。

DOZO
港区赤坂 5-3-1 赤坂 Biz タワー B1
11:00—23:30，无休

Milly 对这居酒屋的第一印象是视野超好，可以透过落地窗看见东京车站。内装很日本却又很洋风，是那种店内放着爵士音乐也不奇怪，拿着高脚杯喝红酒白酒也不突兀的日式居酒屋。

超人气，所以即使下午 5 点之前就先去预约，也拿不到座位。在 Miss Chuan 的询问协调下，才勉强取得晚间开店时间 5 点至 7 点的座位，看来是 7 点预约的客人来到之前的空当。

即使是这样，5 点进入餐厅后店内就满座了，一切都说明了这间以鸡肉料理为主的居酒屋的实力。

Milly 相当热爱以鸡肉为主打的居酒屋，在体验了万鸟后，认定了这餐厅在吃过的鸡料理中绝对可以列入前三名。

老实话，刚开始看见店内帅哥服务生那似乎该出现在下北泽个性商店的模样，还有些担心这里的料理会不会是唬唬年轻人的创作料理，中看不中吃。可是真的是一吃惊艳，完全臣服了。

点餐交给在东京生活二十多年的 Miss Chuan，点了季节旬料理、炭烤新鲜蚕豆、炭烤包菜、配着法国面包吃的月见炭烤鸡肉丸、带骨的炭烤

晚餐

午餐套餐

小鸡腿、伊达盐烤鸡胸肉、酱烤鸡腿肉等鸡肉料理。

最过瘾的是，在吃了这些食材精彩、烹调高水准的鸡肉料理后，Miss Chuan 决定挑战鸡肉生吃，所谓的鸡肉刺身（とりわさ）。首次的鸡肉生吃体验真是大满足大绝赞，鸡肉一点腥味都没有，非常鲜甜美味。

这餐最特别的还有托 Miss Chuan 之福，Milly 首次尝试了在一家居酒屋开酒。不是点单杯的酒，而是两人开了一瓶酒。

Miss Chuan 的理论是，单杯酒无法保证是何时开瓶，而且反正两个人或许要各喝两杯酒，平均一杯 700–1000 日元，点一瓶或许更划算。

如此这般 Milly 得以小小奢华体验了店员推荐酒的过程。帅哥店员很气魄地一次拿了四瓶酒，放在桌上说明各自的特色。

之后选了 5000 日元的白酒，以高脚杯斟上，之后附上的小菜也是法式咸派。

帅哥店员虽说长得很 PUB 风，但服务超好，眼力极佳，总是在极佳的时间点帮我们斟酒。

如此约一个半小时的愉悦用餐，开了一瓶酒，品味了绝佳的料理，买单是 10000 日元，一人不过是 5000 日元。

虽是俗话一句，但真的是物超所值。

正因如此，知道这里的中餐同样好吃却更划算，就怎么样都想要再来品尝。万鸟在周一至周五有配合上班族口味的小碗盖饭五选二套餐，附上超好吃的甜点，不过才 900 日元。

那天 Milly 选了亲子盖饭和腌制鸡肉饭，朋友点的是生鸡肉茶泡饭和腌制鸡肉饭，分量刚刚好，不多不少又可以品尝到两种风味的鸡肉盖饭料理。

万鸟
千代田区丸の内 1–5–1
新丸の内ビルディング 5F
11:00—14:30，
17:00—22:30，无休

豪快
居酒屋

如果在你眼里东京总是一成不变，那建议你去惠比寿站西口边的惠比寿横丁吃个饭，必定感受到完全不同风味的东京。

那天在暮色中，Milly、摄影小周加上三个在东京上班的台湾朋友，穿过惠比寿横丁五彩缤纷的牌楼，在热气腾腾此起彼落的欢乐声中选择了挂着大渔旗的浜焼酒场鱼〇坐下，各自点了啤酒和梅酒，然后由在证券公司上班最有东京聚餐续摊经验的小蔡点菜，果然跟Milly点餐的气势完全不同。小蔡从眼前放满了新鲜海鲜的柜台中点了炭烤大葱、炭烤海胆、炭烤扇贝以及很特别的炭烤日本酒（将装了日本酒的铁壶放在烤架上温热喝）。

这里的料理都很豪放，一整颗海胆就放在炭炉上烤，淋上薄酱油用小瓢挖着吃，真是过瘾。在用餐时发现同样围在柜台边的东京人个个表情放松动作也豪迈许多，跟平日在电车上看见的拘谨模样完全不同。

惠比寿横丁

在这样欢乐的气氛下，喝酒的节奏也加速起来。小蔡先生喝了五回合的生啤酒，其他四人也都各点了两回酒。

如此豪快畅饮，结账偷看了一下，大约 3 万多日元，感谢小蔡做东。

这里用餐不能刷卡，酒酣耳热之余请留意荷包的现金喔。

浜烧酒场 鱼〇

惠比寿 1–7–4 惠比寿横丁

17:00—5:00，无休

Come va !

10

镰仓
总有一条私路径

在 Milly 定义中有一个大东京。

所谓的大东京，就是利用新干线、特急列车等交通工具就可以当日往返的东京近郊。

轻井泽、箱根、日光、横滨、镰仓、川越。想转换一下心情，只要买张电车票就可以出发去的地方。

其中尤以镰仓很简单就会浮现动机，诱惑着你出发前去。一个阳光好天气、突然微微细雨的雨天、一张杂志上的图片。

或只是多了些空闲的时间，或就是想看海。

包容着你的好心情和无从放置的沉郁，镰仓，只要出发就可以抓住些“小确幸”的地方。

3 月 15 日一个好天气，从东京出发。

在小田急新宿站买了一张 1430 日元江の岛・镰仓フリーパス（Free Pass），预计从新宿出发前往藤泽之后再转搭江之电开始途中下车。（小小的提示：前往藤泽有快速和各站停车的普通列车，尽可能搭乘准急、急行、快速急行的班次，可以减少交通时间。）

搭上画了镰仓风景的江之电，第一个途中下车的车站是江ノ岛。本来没有打算要下车，只是从车窗看见这里似乎有什么活动，很热闹的样子，于是临时就下了车。

前往镰仓的江之电

途中下车湘南江の岛春祭り

反正手上有张 Free Pass，当日内可以无限次搭乘，加上电车班次频繁，很适合沿途随兴地下车。

下车探看，原来是每年在樱花季举行的湘南江の岛春祭り，不是那种会让游客特地远道而来的盛事，却是很有地方风味、很街坊同乐会的形式，一旁围观民众明显是表演者家属多过观光客的状态。

其实真正的观光处江之岛海滨、江之岛展望灯台、缆车等，都还要走上十多分钟才能到达，整个江之岛玩上一圈至少要花上两个多小时。但以为春风柔和，还是去镰仓咖啡屋、杂货、寺庙探访较好，江之岛还是留给夏天吧。

不过时间还充分，就闲逛了车站周边，发现一间很小巧可爱的画廊 Gallery-T，是以老屋改成的画廊，免费入场。

那天展示的是一些法国街道巷弄剪影写真，没有工作人员在场，非常自由的空间。入口处台子上有明信片可以自由索取，同时墙上海报写着“有任何问题或是想买手创作品，都请到隔壁的玉屋羊羹店去查询或付账。”有趣！

戴上毛帽穿上毛线披风的麻雀

走回车站时又发现了一个有趣的画面，站前护栏上的四只麻雀雕像在寒意依旧的三月中不知被谁温柔地戴上毛帽穿上毛线披风，看到的人都忍不住会心一笑。在旅途中有很多既定的行程，一些想去满足憧憬的期待，但更多时候带来愉悦的却是这样不经意地在随兴漫步中的邂逅。

江之岛画廊 Gallery-T

里镰仓漫游

趣味は～？

食い步きです。

当有人问到 Milly 的兴趣是什么时，最喜欢丢出的答案就是“食い步き”（吃吃走走）。

旅行也好，散步也好，散步般的旅行也好，就是那样走到哪吃到哪，边走边吃边吃边走，用味觉来记忆旅行。贯彻这个原则，镰仓行当然免不了吃吃喝喝，愉快地前进着。

离开了江之岛站，继续搭上江之电来到镰仓，午餐之前就先小散步一下。是绝对的路径。来到镰仓 Milly 几乎都是从西口出去，往铁道旁的御成町方向一路顺线游晃。首先经过 LESANGES 蛋糕咖啡屋，不入内吃那有名的苹果派，是因为甜点胃的空间要留给新的甜点。经过 YMCA 后，映入眼帘的是充满美好回忆、很喜欢的一间咖啡屋 SONG BE CAFÉ。之后以 SONG BE CAFÉ 为转折点，左转进去一旁的小路，经过一两间旧书店旧家具屋后再右转进入今小路通。

沿着今小路通一直走到寿福寺，路上有很多个性小店、杂货屋、点心屋，这里正是镰仓散步地图中 Milly 最爱的区域。也有人称这个区域是“里镰仓”，就跟原宿有所谓的里原宿一样。

今小路通不论去过多少次都还是很有兴致，每次在那些熟悉的印象中也都会有新体验。像是这回在刚刚进入今小路通时，就发现了老屋前有一

大平さんの
無農薬野菜

Sirop Heidi

个有机蔬果的小小市集，里面卖着所谓看得见名字的蔬菜，像是“大平先生的无农药蔬菜”之类的。

从这个小小的有机蔬果市集也可以窥见这两三年来镰仓不断在强化地产地消的主题。镰仓周边有很多蔬菜种植区，许多餐厅就倡导使用这些蔬菜做出新鲜美味的当季料理。

继续往前，看见了镰仓はちみつ园蜂蜜专卖店，一旁则是由甜点料理家いがらし ろみ小姐经营的可爱手工果酱专卖店 Romi-Unie Confiture。挂着红汤匙图案，像是绘本中会有小熊家族出没的果酱屋，光是置身其中都会有甜蜜的感觉。这次前去，发现果酱又多了很多创新的口味，一堆贴着陌生外来语的果酱让人很好奇。除此之外，店内多了些果酱外的周边商品，像是手提袋和围裙。

GARAGE

沿着今小路通继续往前，另一个要去确认的店面是 GARAGE。很意外这旧家具屋依然存在，会这么意外，完全是因为这家店的外观真的是很破烂（换个角度也可以说那是内敛低调），不留意看，真的以为那只是一间没人居住的破房子。

实际上是间很有人文风味的旧家具店，旧家具和摆设都以很自然的方式摆放着。店主的贩售意图不是很强烈，似乎只是任凭那些家具和摆设自己散发出讯息去吸引心意相通的人。正是因为如此，Milly 对这间店面的存在意念就愈是觉得好奇了。

当初女店主租下了这八十多年快要倒塌的老房子，之后自己一个人慢慢装修改建，同时也珍惜地保留下老屋特有的表情，让路过的人都会忍不住停下脚步好奇探望。

店内放置着工作台，一旁同时贩售着纯白的简单服饰，不知是不是店主的另一种兴趣？

GARAGE
镰仓市扇ガ谷 1-14-9

离开 GARAGE 再往前走一段路就可以看见寿福寺。不是很气派的寺庙，进去晃晃却是绿荫凉爽，不失为一个可以停下脚步小歇一会儿的地方。

离开寿福寺，今小路通的散步也告一段落，在此要右转穿过铁道，顺着人迹不多的小路往鹤冈八幡宫前去。

走着走着，路旁除了一些门禁似乎很严密的古宅外，可以辨识的观光据点却一个也看不见。当你开始怀疑是不是迷路时，眼前就会出现指示牌告诉你鹤冈八幡宫的方位，因此不用担心。

吃吃走走
买买看看
若宫大路

到达鹤冈八幡宫后，团体观光客开始多了起来，旅行的节奏也由散步mood转换为观光mood。在鹤冈八幡宫内依照惯例偷窥着绘马上大家写的心愿，其中最喜欢的是一个“好きな人と结婚出来ますように”（可以跟最爱的人结婚）的心愿。

才看过这心愿，就在鹤冈八幡宫境内的舞殿看见了神前结婚式，新娘穿着白无垢（日式新娘礼服），新郎也穿着和服礼服，两人在亲友的簇拥和雅乐下以传统神圣礼仪完成婚礼。看起来很神圣优雅的仪式，不过毕竟是观光区，看热闹的人很多，对新娘品头论足的也有，不关你事也热烈拍照的也有，多少有点小尴尬吧。

观光散步后肚子也饿了，这天选择的午餐在若宫大路上，以世界第一为目标的盖饭专门店DONBURI CAFÉ bowls。

感觉很年轻的餐厅，很创意地用盖饭碗来布置，店内还有上网空间和无线网络服务，这似乎也显示着镰仓这些年来认真吸引年轻游客的野心。

Milly点了美丽又好吃的鲑鱼亲子盖饭，阿tan点了健康风的蔬菜玄米咖喱盖饭。

这里的盖饭很有意思，像星巴克咖啡一样有大、中、小三种选择，更有意思的是当Milly吃完饭喝着餐后饮料时，清秀的女店员突然拿了Milly刚刚吃完的盖饭碗过来，一度还以为是不是没吃干净或是什么的。

一听之下，原来是碗内出现了“当たり”（アタリ）的小小字样，就是说中奖了啦。
碗底出现当たり字样可以享有折扣，原本是1080日元，少掉80日元。

在享用各式创意盖饭的同时还有很多乐趣可以观察。像是可以带宠物入内用餐，店内有一个昵称“绿さん”每天认真写Blog的盆栽，还有如果想成为这间盖饭专门店的常客，可以买一个My DONBURI，如此成为荣誉会员，拿“My碗”来用餐就有折扣。
千万不要误解这不过是间爱搞花样的餐厅。bowls对餐厅最基本的美味和食材同样很花心思，不但在不同季节推出不同创意盖饭，蔬菜更是全部以契约农场的形式采用地产镰仓野菜。
因此这不单单是一间盖饭专门店。在这里虽然吃不到亲子丼、牛丼、天丼，却是一间很有想法的盖饭专门店。

DONBURI CAFÉ Bowls
镰仓市小町2-14-7
かまくら春秋スクエア1F
11:00—24:00，无休

吃完中饭，不多犹豫立刻转往同条路上早预定要去吃甜点的藏楽 kurara。藏楽是古民家和风杂货＋甘味咖啡屋，原本是 90 年以上历史的青菜店，之后以京都町家坪庭为印象，改装成和杂货和咖啡屋并存的空间。

一入内就是和风杂货空间，放置着各式精选的和风小物，里面不乏 Milly 偏爱的猫杂货，光是看着都有被疗愈的感觉。

咖啡屋在杂货屋的后方，入内要先脱鞋。里面又分为两个空间，一是厚重的古董沙发座，一是柜台、和式暖炉桌空间。

刚好有人结账离开，于是可以幸运地坐在舒服的皮沙发上享用点心，二人各点了糯米丸子红豆汤以及和风蜜豆，两种都很好看也很好吃。

藏楽 kurara
镰仓市小町 2-13-2
11:00—18:00，周二休

在中餐和甜点后，要分享一下若宫大路上的一些消费情绪，其中一间是天然酵母面包屋 KIBIYA。

这间像是杂货屋的面包屋原本是位于小町通、1948 年创业的老铺面包屋タカラヤ，第二代接棒的女儿在若宫大路上开设了面包屋 KIBIYA ベーカリー come va，在女儿的企划包装下，老铺タカラヤ也更名为 KIBIYA ベーカリー，并迁至镰仓车站西口御成通继续营业。（店名也可以称为 KIBIYA ベーカリー西口御成通本店和 KIBIYA ベーカリー come va 段葛店，所谓段葛是指从鹤冈八幡宫延伸到两座鸟居间的参道。）

换了包装加入新观念，但面包还是延续一样的品质和坚持，以日本产小麦石磨面粉、天盐、矿泉水、自家制天然酵母制作烘焙。

其实 Milly 被这若宫大路上的面包屋吸引，除了因为纯白和木色的店面设计外，更因为 logo 上那只悠闲的猫咪图案。另外店门前停着的面包外送脚踏车也让 Milly 着迷。

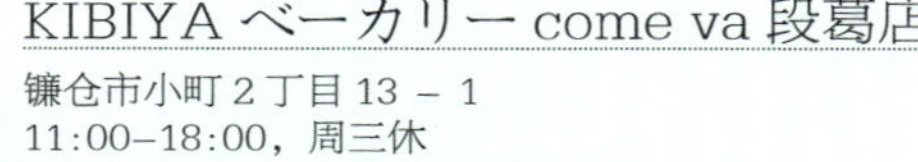

KIBIYA ベーカリー come va 段葛店

镰仓市小町 2 丁目 13 － 1

11:00–18:00，周三休

这里先整理一下顺路路径。

首先从鹤冈八幡宫出来，沿着若宫大路大约走五六分钟，会先看见段葛左手边上有株柳树，那是和风老屋的荞麦面店段葛こ寿々。这间老铺荞麦面店几乎每次经过都会看见排队用餐的人龙，非常地醒目抢眼，同时应该也会留意到一旁的 come va。

过了段葛 こ寿々，不到 30 秒就会看见和杂货 + 咖啡屋蔵楽，再隔几间店面就是盖饭专卖店 bowls。

之后穿过中间高起的樱花树道段葛，往小町通那侧的若宫大路继续游晃。不过在这里 Milly 要去一间有布丁卖的咖啡屋，要先暂时转入观光人潮络绎不绝的小町通。说是这样说，但其实目标甜点布丁店 Rietta 却是静悄悄不显眼地坐落在小町通一旁的住宅区内。

Rietta 是主妇リエコ以自家客厅和阳台开设的小巧咖啡屋，外观不是很亮眼，空间也不宽敞，但当超爱布丁的 Milly 知道这里卖超好吃的手工布丁时，就还是不顾迷路的危险，循着地址一路找过去。

后来如愿地买了芝麻和香草口味的镰仓なめらかプリン（镰仓滑润布丁），リエコ太太还很细心地用可爱小托盘放着布丁，附上汤匙，让我们坐在阳光正好的阳台享用。

布丁浓郁好吃。Milly 的布丁标准是蛋香浓郁、口感滑润，不能有化学味，就是说一定要吃到手工感。

非常满足地吃着布丁的时候，突然发现原来这间 Rietta 咖啡屋在这天可是刚好开业三周年呢，那天还举行了小小的 party。

小咖啡店 Rietta

Rietta
镰仓市雪ノ下 1-2-5
11:00—18:00，周日和周一休

ハナビラヒトツ 镰仓

小歇过后再顺着原路回到若宫大路，在鹤々冈会馆周边会看见红虎饺子房镰仓店和ハナビラヒトツ 镰仓。

ハナビラヒトツ的本店在京都祇园，所以在看见的瞬间就有种似曾相识的熟悉感。商品和店内摆设几乎都跟京都本店相同，随着季节展现不同色彩的企图也是相同的。3 月中前去，自然整个店内都是春天的颜色。

“ハナビラヒトツ”（花びら１つ）是一片花瓣的意思，商品的旨趣是希望能像珍惜随风飘散惹人怜爱的花瓣一般，去珍惜和风，将和风元素加在摩登的设计上。

店内每一个以京祇园细工为主题的小小可爱和风饰品都是纯手工制作，因此同样款式却有着微妙差异，这或许正是这系列商品的魅力之一。

ハナビラヒトツ 镰仓
镰仓市雪ノ下 1-6-28
10:00—18:00，周一休

nugoo 镰仓
若宫大路店
镰仓市小町 2-12-32
10:30—19:00，无休

延续和杂货情绪，继续前往同样在若宫大路上、2009 年 3 月开张的手拭巾专卖店 nugoo 镰仓若宫大路店。

这经常展示着三百种以上花色的手拭巾专卖店，除了自创花色的手拭巾外，更精选了代官山的かまわぬ和奈良的游中川等知名手拭巾品牌的作品贩售，店内的洗手间还备有不同款式的手拭巾供客人试用。

另外还有个很大的特色就是——很明显地挂着“欢迎拍照”的图案、字样，这样大大方方贴着欢迎拍照的店家，在日本还真是不多见。

鸽子饼干名产店鳩サブレー丰岛屋

杂货情绪充分满足后，便可前往在镰仓观光一定要进去晃晃的鸽子饼干名产店鳩サブレー丰岛屋本店。买完必买的镰仓名产后，乘胜追击，再绕进小町通购物去。

一会儿若宫大路，一会儿小町通，看文字会以为很混乱，其实两条路是平行的，Milly 总会这样随兴绕进绕出闲晃着。

首先去买号称每年有五十多万人来此购买名产的泡菜专卖店镰仓みくら（味くら），这里的泡菜强调彻底控制盐分、不加添加物和染色剂。

为了让顾客能找到自己喜欢的泡菜，店内每个角落都放置着各式泡菜任人试吃，如果不嫌麻烦，甚至可以吃遍各种蔬菜泡菜的所有的口味再购买。

对 Milly 来说，这间经常放置着五十种以上泡菜的みくら，简直就是泡菜的主题乐园，可借着这泡菜店去了解日本人到底有多少种泡菜。

买完了老铺风味的鸽子饼干和泡菜，再去购买加入现代概念的镰仓帆布包。虽说很多人习惯将这镰仓独创的帆布包系列称之为镰仓帆布，但店家的正确名称却是镰仓帆布巾，为什么非要多出一个“巾”字，至今仍未找到答案。

泡菜专卖店镰仓みくら（味くら）

比起京都老铺一泽帆布，2003 年才确立品牌的镰仓帆布算是年轻的品牌。没有悠长历史背景，每件作品依然是技术纯熟的职人手艺，手工制作的 only one ，购入后就成为 only you 的随身物。

Milly 个人以为镰仓帆布的手提包比其他老铺帆布品牌更强调跟服饰的整体搭配，就是说较女性柔美些也贵妇些。

一个正式的帆布包大约要 12000 日元以上，如果只是想试用看看，也有 2000 日元上下的腰包系列。

更推荐的是用制作帆布包的剩布做成的小钱包，价位在 1000 日元内，花色的选择也很多。

镰仓帆布

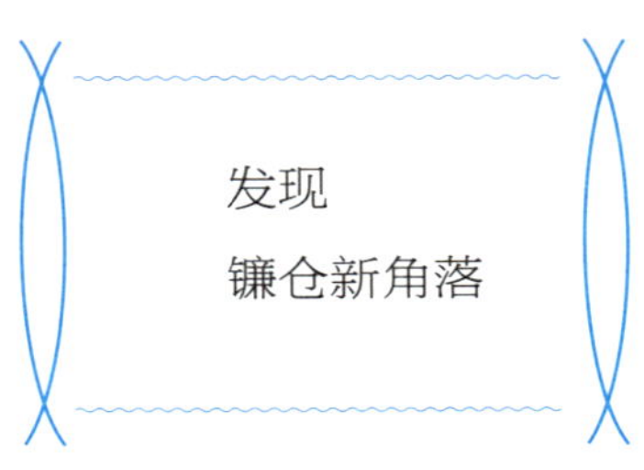

发现
镰仓新角落

镰仓名物采购告一段落，在黄昏之前要赶往 Milly 最爱的江之电镰仓高校前站看夕阳。不过在这之前还是要把握时间，前往镰仓站东口附近的镰仓中央食品市场，目的是看青菜。

青菜当然不是用来看的，而是用来吃或是采买的，但是因为看到了很多关于镰仓美食愈来愈野菜的情报，知道很多讲求地产地消的餐厅大厨近来都偏爱在镰仓中央食品市场采购镰仓产的蔬菜，于是就好奇地想去探看一下。

这里的蔬菜由周边四十多户农家以四班制每天约七户农家来提供。此外，或许是因为接近东京都心，很多农夫为了配合餐厅需求，从意大利等国家引进了蔬菜种子，因此不大的蔬果供应市场内可以看见很多一般市场没有的洋蔬菜，热爱蔬菜排列的 Milly 怎能错过。可惜的是前往的时间有些晚，大多蔬果摊都已经收摊，只能拍到两三间小满足一下。

即使如此，在匆忙一瞥下还是发现了市场周边有颇具风格的烤鸡串店秀吉、天然酵母面包咖啡屋 PARADISE ALLEY、蛋糕店镰仓しふぉん和香精店ハーツイーズ，似乎是一个可以好好去熟悉的地方。

脚步加快，搭上江之电往镰仓高校前站前进。这天的计划稍稍做了更动，改为在镰仓高校前的前一站七里ケ浜下车去满足一下好奇，看一看湘南海岸夕阳新名所2008年3月开始营业的WEEKEND HOUSE ALLEY（ウィークエンドハウスアレイ）。

是由情报杂志获知这个地点，在这里有家来自雪梨的bills餐厅，号称早餐是世界第一好吃。

WEEKEND HOUSE ALLEY，这复合式设施正如全名所显示，是希望营造出一个每天都像是在度假的居住空间。

透过建筑师千叶学和城市规划师关口正人先生的设计，有十三户住宅和六个店面。店面和住宅间以“Alley”走廊连接，极力避免建筑跟周边山海自然景观间出现任何违和感。

镰仓中央食品市场

餐厅 bills

店家有冲浪周边商品和咖啡屋的 HORIZON、宠物相关商品的 the park hunter plus +、发廊沙龙的 BEAUTRIUM、度假休闲服饰的 BLUE HORIZON、海滩主题服饰店 Cher-shore 和号称提供世界第一好吃早餐的餐厅 bills。

很明显，Milly 想去探访的自然是那面向海岸又有美食的 bills，更明显的结论是，此时已经是黄昏，自然是吃不到早餐了，只能改吃那同样有人气又好吃的松饼。

可是人算不如天算，那天是假日，店内除了柜台位外已经没空桌位，更别说找个好位置来看海。加上时间接近晚餐预约时间，当日晚餐又已经预约满，于是即使是柜台位也只能坐到 5 点，真是见识到这餐厅即使开张一年多依然不减的超人气。

本来有些想放弃了，毕竟柜台座是背向海景，又没有足够的时间轻松用餐。但想想，都专程来这里了，于是还是在柜台前坐下，然后尽量坐斜一些，多少能以不充分满足的眼神窥看着一角的海景。

此外，有点冲动想点一份 1400 日元的有机松饼，但考虑再三，肚子还有未消化的甜点，能悠闲坐着的时间又不多，于是就和朋友各点了拿铁和颜色鲜艳、夏季限定的综合莓果冰沙。

倒是隔壁的情侣各点了一份水果甜点松饼和蔬菜沙拉金枪鱼松饼，分量真的不小呢。服务生收走女生三分之二没能吃完的松饼时，很有家教的男友还很不好意思地道歉和解释说女友今天身体状况较不好，否则平日一定会吃完的。

只是看见这幕 Milly 还是忍不住恨得牙痒痒的，有男朋友请吃这么美味又丰盛的松饼，居然不吃完，真是！（听出一点嫉妒的意味？）

WEEKEND HOUSE ALLEY

瞄了一下菜单，发现价位是偏高些的。以那被《纽约时报》封为世界第一的早餐来说，炒蛋加上吐司一份就要 1200 日元，自家制面包单点则是 700 日元，因此要吃份 8 点开始供应的早餐，预算可不能定得太低。中饭的预算则是约 2000 日元以上，晚餐就最好定在 5000 日元以上。

到底在此用餐是不是物超所值呢？ Milly 没吃过不能断言，只能保证空间感真的超赞，左右两个用餐空间都是面向大海，一边走的是温暖木质的度假别墅风格，一边则附设了 DJ 台，走的是精品 PUB 风格。
周边的环境更是设计得很精彩，整体纯白，以不规则几何图案组合的建筑，各有风味却又能融成一体。暮色下从建筑间看过去的湘南海色更是让人陶醉不已。

以腹地来说，建筑师大可以建一座商店林立的热闹商场，但为了能保有镰仓特有的山 + 海景致，建筑和建筑间那几近奢侈、以留白呈现的空间，让这 WEEKEND HOUSE ALLEY 建立了独树一帜的特色，也让置身其间的人真的有了度假中的慵懒幸福。

WEEKEND HOUSE ALLEY
镰仓市七里ヶ浜 1-1-1
8:00—22:00（周一 8:00—17:00）

带着这微醺的幸福感，不返回七里ケ浜搭乘江之电前往镰仓高校前站，而是沿着夹在湘南海岸和江之电间车道间的人行步道，面对着暮色中的江之岛和隐约浮现的富士山景致，慢慢往镰仓高校前站前进。

晚风已经带着凉意，但眼前那幻觉般的黄昏美景，还是让脚步愉快着。

之后在镰仓，Milly 总是最爱，也总是排在旅途最后去品味镰仓高校前站，坐在那视野开阔的月台长条木椅上，眺望着被黑夜渐渐吞没的海岸线，同时等着从黑暗那端开过来的电车，返回五光十色的东京都会。

沿着电车道散步

11

以 LOHAS
来宠爱自己

轻井泽星野
度假去

每次一趟大旅行中，Milly 总会在旅途结束前给自己一个度假中的度假这样的小奢华，这次的东京行，选择的是初春的轻井泽。

搭乘普通列车前往轻井泽，路径 Milly 已经是非常熟悉。要搭新干线以外的交通工具前去轻井泽，要留意两大原则：一是善用早上的通勤快速列车来减少转车的次数和时间，同时为免浪费无谓的等车时间，就最好事先查好横川和轻井泽间的巴士时间 。

08:45、10:00、11:05、12:00、13:50、15:50、17:20、18:10、19:00
以上是巴士从横川发车的时间。
知道了这时刻表，再去推算几点从东京上车。
从东京山手线圈内前往横川的车费是 2210 日元，巴士票 500 日元要在车上另买。时间计算得宜，7:18 从新宿出发，10:34 即可到达轻井泽。
搭乘新干线，车费约是 5550 日元，从东京都内前往需先到东京车站转搭长野新干线，费时约一小时多些。

行李多或不想多花时间换车，或许选择新干线较好。但 Milly 个人喜欢搭乘普通车经过埼京线、高崎线、信越本线，再转搭 JR バス关东碓冰线前往，沿线的山野风景很棒，绝对胜过新干线。

10:30 到达轻井泽，事先查看过旅馆接驳巴士的时间，决定要搭乘 14:50 的巴士。
这么来说还有充分的时间去轻井泽街上随意散步或吃个午餐，搭车前再去逛逛 Outlet。

时间还早，不急，在巴士站牌前的茜屋咖啡店喝杯早晨咖啡。茜屋的本店在神户，Milly 第一次喝是在轻井泽银座旧街道的分店，印象中是好

轻井泽茜屋咖啡店

喝的。在还不知道丸山咖啡之前，茜屋一直都在 Milly 心中占据着轻井泽第一咖啡屋的位置。

茜屋在日本全国有不少分店，装潢大致相同，都以黑木为主调，在气氛沉稳的空间内喝杯店员手冲咖啡，浅酌一口！香醇口感加上扑鼻香气是幸福的一刻。非假日又是上午十点多，店内很安静，可能是气氛的关系，在这里喝咖啡的人都是很专心地细细品味着眼前的咖啡，在这样的咖啡专卖店，咖啡是主角而不只是道具。

茜屋咖啡店

轻井泽町轻井泽东 30-8

9:00—21:00，无休

喝完咖啡，踱步往旧银座街道走去。曾在不同季节中多次来到轻井泽，因此与其说是散步游晃，更像是去确认回忆。

整体来说，近几年来轻井泽的变化真的不大，甚至已经有些褪色感，难道这是 Milly 个人的感觉？

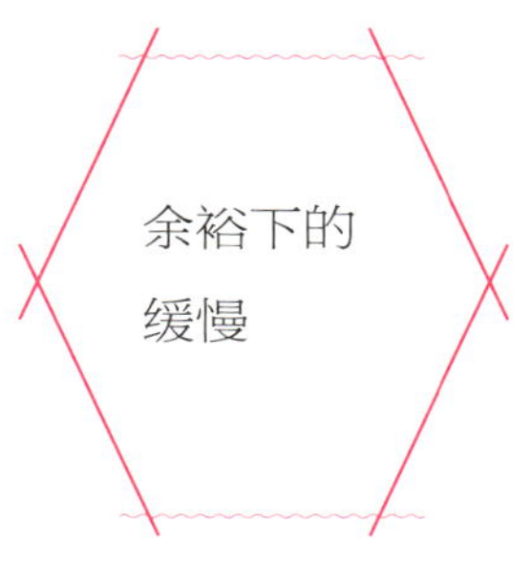

余裕下的缓慢

“星のや”这家经常出现在日本憧憬旅馆排名中的新型度假风旅馆，有个很文艺的中文名称“虹夕诺雅”。

“谷の集落の滞在型温泉旅馆”（山谷中的滞留型温泉旅馆），是这温泉旅馆的主体定义。

在 2005 年开幕，当时 Milly 就很被那滞留型温泉旅馆的定义给吸引，开幕初期的预约限定三天两夜，强调唯有三天两夜的缓和节奏才能更不慌不忙地去放松在星のや旅馆刻意经营的柔和松缓氛围中。

出发前做了一下功课，希望事先的印象能让自己在入宿时更能掌握那悠闲自在，于是出发前 Milly 脑子里已经放置了一些画面。“棚田”“平缓流动在区域内的流水”“日本原风景的聚落房舍”，还有那对整体空间的形容：“如果日本在迈入现代化的时候能够更珍惜日本人故有的文化精髓，或许日本就是这样的景致。”
实际住宿体验后，以为当初重新规划这百年星野温泉旅馆时立下的企图，不但真的完成了，而且呈现了超出文字所能形容的美好。

搭乘接驳巴士来到星のや轻井泽的大厅，由住宿期间的管家驾驶着低排量车辆送到 check in 的小屋去。
坐下来，享受着 welcome drink（这天喝的似乎是甘酒，像是甜酒酿的饮料），和风构造的小屋内穿着古朴工作服的女子演奏着古风冥想音乐，企图让客人在一开始入宿时就能沉浸在非现实的空间中。

之后由管家开车载去客房，管家也沿路介绍区内可利用的设施和空间，到达房间后很仔细说明着房间的设备、使用方法及 room service。
住宿期间全由这管家照顾，Milly 的管家是在国外留过学的日本大男生，会讲流利英文。可惜 Milly 的英文不怎么样，请他改用日文讲解，枉费了旅馆的好意。这里的工作人员会英文是一定的，另外还有会说中文、法文、拉丁文和德文的工作人员。
晚餐预计在房间悠闲吃，怕用电话不能充分表达，因此直接跟管家点好当晚的餐食，也确认了送来的时间。

据知这里每一间客房的格局和构造都不一样，坐落的位置有的是山侧有的是水侧有的是庭园侧。Milly 住宿在 224 号房，是水侧的二楼房间，视野非常好，可以从大大的阳台看到池水。
房间基本上可以住到四个人（当然两人合住是最理想的），Milly 一个人住真是奢侈。奢侈的还有那空间的感觉。住宿期间经常觉得自己是在一栋独立的度假别墅。全木质的设计、天井很高，有夏日可打开的屋顶天窗、两张宽敞的床，有很喜欢的窗边圆桌空间、放满大软垫阳光充分的客厅（又称为床座），一旁是放着布躺椅的阳台（称为广缘）。浴室简约宽敞，有桧木浴池，还很贴心地放上解除疲劳的艾草类香草。

滞留期间 Milly 最常利用的空间是那面向川流和池水的床座，借了超长的网线，将电脑接上，看着电脑中自己设定的熟悉世界，一回神却又发现自己是处在一个以宁静为奢华的非日常空间内，很微妙地混淆着，也很微妙地放松着。

水侧客房的阳台景观

星のや初期的确是以三天两夜的预约为原则，但近期也容许两天一夜的预约。只是若预算允许，Milly 很推荐以三天两夜的节奏来住宿星のや。为什么会这样说？自然是因为在实际住宿的过程中，确切体会到旅馆初期限定客人要预约三天两夜的初衷。
通常在匆忙中真的很容易就贪心，什么都要探访，脚步无法放缓。但在三天两夜中，因为不论是空间或时间都很充分，于是不由得就放慢了脚步，在不知不觉中。

星のや在环境设计上的终极目标是：“让在此住宿的客人不论是在房间内的睡铺、浴室、阳台、客厅，或是在户外散步的路径、阅览空间中，都能获得绝对的放松，都能找到一个暂时停下来休憩的角落。”
房间的建材、空间的规划，都有着洗练的配置。在客房外，树木、流水，以及跟大自然融为一体的建筑，更是演出精彩。从周边引入的清澈溪水，自在淌流于高低棚田模样的草地间。

水波被当日的阳光照射得闪闪耀眼，潺潺水流声被吹过树梢的微风带到在水边停下脚步的 Milly 耳边，好祥和的感觉。

流水间种植着一些树木。不对！这说法应该更正为：在旅馆腹地内很坚持地留下了这些树木，甚至有时为了迁就树木的位置而改变空间的规划。由管家的说明中知道，在花了十年改建旅馆的过程中，一棵树木都没砍。就是说很刻意地去保护着一起和星野温泉旅馆迈过百年历史的大树们，这一点真是精彩，很感动。
担任星のや环境设计的长谷川浩己这么说：只要将这块土地拥有的环境做出最大的发挥，这土地便可以引发出大家的感性。

继续要去探访的是第二期待的library lounge(ライブライーラウンジ)。
library lounge 位于主厅大堂的二楼，可以俯瞰日本料理餐厅嘉助。
旅馆柜台大厅、library lounge、日本料理嘉助，是三个独立的功能空间，没有任何隔间，却能各自显现特色，各自精彩。
看了这样大格局的空间规划，自然会好奇背后的设计大师是谁？建筑设计师是个女性，叫作东利惠。
广大腹地上的建筑规划主题是日本的聚落，让小路、小桥、川流、池水穿梭在各自独立的房舍间。更大的优势是四周便是可以包围整片旅馆的浅间山，让旅馆享有绝对的大自然，完全隔离在日常之外。
至于客人住宿的房间，设计的主题是：舒服到甚至不想出去，一整天都想待在房间里。
这一点的确可以窥见设计的用心，否则一个现代人待在一间没有电视的房间里，还真的会有些无聊，甚至慌乱起来。

library lounge

library lounge

一开始因为有太多新鲜事要去探访，根本没去留意房间没电视，后来在晚上惊然发现时的确有些困扰。

但后来打开房间的 CD，听听柔和的音乐，躺在客厅的软垫堆中看看外面以最低限度去配制的摇晃灯火，渐渐地就被那宁静给降服，电视什么的就不重要了。

library lounge 内的藏书多数偏向自然景观、风景、生活和诗集、文学等书籍，可以借到房间，或就在那很大很舒服的沙发上或躺或坐地看看书，一旁有 24 小时免费提供的饮料和点心。

去 meditation bath 泡汤前绕去大堂和主柜台参观，以和风和大格局的主题把设计统合起来，善用大面的玻璃窗导入自然光，让建筑整体没有过多的尖锐，不论灯光设计或空间线条都是很柔和的。

大堂中的光线演出

这时更发现日本料理餐厅嘉助对面的饮茶休憩空间内，经由天窗洒下了一道道的光线，正面看去就像是精心规划的美术馆一角。以为绝不是偶然，这空间跟大自然的共同精彩演出应该也是设计的一部分。

Meditation bath（メディテイションバス）。meditation 是冥想，意思就是说这是一个以冥想为主题的 SPA 设施。

Milly 对 SPA 没有兴趣，没去预约这里很有名的灵气按摩，关于冥想倒是隐约地体会了。

首先一进入 meditation bath，自然风的音乐和流水声隐约流泻着，整体设计简约时尚。真正让人惊艳的是大浴室空间，完全超乎想象。

浴场分为两大区：光的部屋、暗的部屋，一个是阳光通透却完全密闭的纯白空间，一个则是必须穿过低低的通道进入的全黑浴池封闭空间。

Milly 被那光的部屋给深深吸引，惊艳于那超脱现实的密闭空间却能有充分的阳光，好神祕。至于暗的部屋，Milly 没胆一个人置身在黑暗中，就没去尝试。

休憩间的设计也很优雅祥和，舒服地泡汤后躺在舒适的躺椅上，在冥想的音乐中的确神游了一下，或也可说是差点睡着了。

泡完汤走出发现了一个好空间，从 meditation bath 前方的露台看去，正是眺望整个星のや房舍的最好据点。在此配置的椅子坐下，又是一个可以放缓脚步的空间。

回到房间，从房间阳台望去，看见工作人员穿着农家蓑衣划着小船一个个点着池面上的烛台，真的是烛台不是灯光呢，据说唯有烛台才能真正演出灯火摇晃的情景，因此即使很费功夫，工作人员还是会轮流去点那池上的烛台。星のや腹地很广大，晚上其实很昏暗，所谓照明却只是以最低光线去照出、指引路径。原因是这样才能真正看见大自然夜空，体会到古老美好日本的农村聚落夜晚风情。也因此每个房间都备有手电筒，让大家夜游时可以使用。

4 月 6 日迎接在轻井泽星のや的第一个晚上，room service 准时在 7 点送到，负责送餐摆设餐的还是一开始招呼 Milly 的房间管家。晚餐 Milly 点得很大人味，是以下酒菜为主的小酌形式。

鸭肉荞麦冷面、信州牛肉冷盘、低温熏制鲑鱼以及日本冷酒一樽。

分量不多，但每一份料理都能发挥食材的美味，所谓精选食材该有的极致原味。尤其是那鲑鱼料理，滋味鲜甜、肉质紧实。Milly 的感言是："吃过这么好吃的绝品鲑鱼，日后还怎么吃其他鲑鱼。"

信州牛肉略为炭烤，是半熟调理，入口尽是甘美满足，配上冰镇的冷酒，幸福到必须要停下来微笑一下才能镇压那满出来的愉悦。

在美味和微醺中陶醉着，飘飘然于这脱离日常的非日常时光中。

睡前翻阅着从图书室借来的书，在宁静的空间里，似乎只有自己和周围的大自然。

客房 Room Service 晚餐

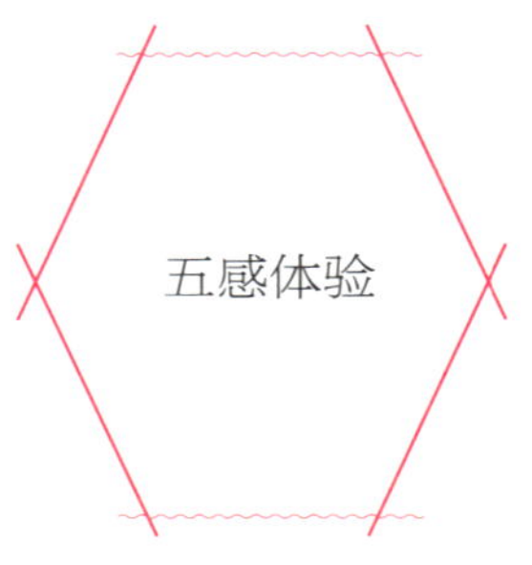

第二天在第一道阳光洒入没多久的 5 点半左右就自然醒来了，神清气爽的。披上房间的厚棉外套，趁着晨光散步着。在光的部屋泡了朝温泉，带着旺盛食欲前往嘉助用早餐。

早餐是 7 点开始，一直到 12 点为止，这点也跟传统温泉旅馆有所不同，不会事先确认或限定客人的早餐时间，让客人依照自己的节奏决定用餐时间。

早餐很丰盛，以有机新鲜蔬菜为主，配上和风小菜、味噌汤、烤鱼和热腾腾的白饭。

不过 Milly 以为在这如音乐厅座位般延展的日式餐厅嘉助用餐，最好的配菜还是那透过一大面宽敞玻璃看出去的棚田和流水，在阳光下闪烁着。

日式餐厅嘉助

在嘉助吃日式早餐

悠闲早餐后回到房间露天阳台发发呆，池面上不时看见野鸭自在地优游着。在这里住宿，能奢侈去消费的，除宽敞空间外还有充裕的时间，没什么一定要赶着去做的事，发发呆就好。当然星のや也安排了些让住客参与的休闲活动，在环保、健康 LOHAS 的前提下，Milly 选择晨间在茶屋进行的深呼吸瑜伽，以及下午的野鸟观察和晚间的观星。

8:30 在林间茶屋进行深呼吸瑜伽，在两位年轻女老师的带领下，在过开放的和风空间吸吐着新鲜空气，同时伸展四肢。本来还担心没太多瑜伽经验的Milly 一定跟不上，好在是很缓和的动作，大人小孩都能很自在地动作。

结束了深呼吸瑜伽，一伙人默契地一起往露天温泉トンボの汤前进。外来游客也可以在这里纯泡汤，但 8 点至 10 点是住客专用的时段，怎能辜负好意。

露天浴池很宽敞，最好的是可以仰望蓝天和周围的林木。泡完汤还可以去一旁的村民食堂点杯泡汤后的啤酒来喝，是旅馆招待的喔。

上午一切随兴，中午之前就在周边散步。先请柜台安排去周边石之教会的行程，这也是星のや的服务之一，若是想去附近关系企业的HOTEL Bleston Court用餐，或参观境内设施，只需跟柜台说一声，就会有接驳车来接送。

不过要前往周边散步前，还有个悠闲要去置放在行程内：冲泡杯丸山咖啡，小歇一会儿！
或许对其他人没那么大的感动，但对于喜欢咖啡的Milly来说，发现在房间内居然备有丸山咖啡为星のや独家配制的研磨咖啡粉时，真是感动，也为星のや在这些小细节的努力拍手。

在房间内自制丸山咖啡

除了咖啡粉外，还附上一个冲泡咖啡的 Coffee Press 和指示说明，照着做就有一杯好喝的丸山咖啡了。

在柜台的安排下，坐上班车来到 HOTEL Bleston Court，这里有两座轻井泽的代表性教堂，分别是轻井泽高原教会和石之教会内村监三纪念堂。

Milly 的主目标是由美国绿建筑权威建筑师 Kendrick Kellogg 于 1988 年设计完成的石之教会。建筑将自然界石、光、绿、水、木的五大要素精彩展现，这样的教堂位于大自然间，是再适合不过的融和。

明明是以硬邦邦的石头为建筑主体，却能利用从天井透明玻璃流泻下的柔和光线、空间内攀爬的绿意植物、不经意听见的流水声，营造出圣洁又宁静的空间。

石之教会

随兴散步后，在参加野鸟观察小旅行前，先去村民食堂吃中饭。

说起来，在星野温泉境内，Milly 之前唯一体验过的正是村民食堂的午餐，因此再次进入村民食堂用餐，就有着久违的感觉。

Milly 点了这里近日最有人气的午餐村民定食，号称以三层白木蒸笼呈现 20 种季节蔬菜、信州牛肉、鸡肉和朴叶饭。

蔬菜新鲜丰盛，多彩多样。三种蘸酱也不错，蒸得过熟的信州牛则不如猪肉来得好吃，当然这完全是个人主观。

Milly 还特别点了一杯推荐特选的轻井泽高原啤酒よなよなリアルエール，好喝！泡沫细致，喝下去有淡淡的果香，很推荐女生品尝。

饭后还点了拿铁和手工布丁，Milly 对于手工布丁是无法抗拒的，非常爱吃蛋味浓郁的焦糖纯手工布丁。这里的布丁分数很高，因此在推荐高原啤酒外，对于甜点布丁更是推荐。

村民食堂用午餐

饭后去一旁的野鸟观测中心 Picchio 报名参加下午的野鸟の森ネイチャーウォッチング，野鸟森林健行。大人 2000 日元小孩是 1000 日元，出示星のや住宿房号，费用可以打折。

有趣的是（或是尴尬的是）那天那梯次的参加者只有 Milly。尽管如此，向导东先生依然在两个多小时的时间内很亲切又很有耐心地带着 Milly 穿梭在森林中，发现有野鸟的叫声立刻翻书给 Milly 看是什么鸟，更不厌其烦地用他的高倍数望远镜对准野鸟给 Milly 观察，因此真的看见了野鸟，开心的是看见了最想看见的红头啄木鸟。
沿途除了观察野鸟外，山野景色也很吸引人，从广阔林间看去的积雪浅间山山脉非常清晰美丽。

村民食堂的高原啤酒及手工布丁

除了野鸟观察，晚餐前 Milly 还参加了一个观星旅程，负责观星导览的向导开着登山吉普车来旅馆前接人，交给客人防寒的手套、帽子、毛毯，非常贴心。

积雪的浅间山

二十多分钟车程，后来抵达完全没有光线和光害的森林平台。平台上早已准备好了躺椅，躺椅上有睡袋，客人就像虫一样钻入像是茧的睡袋中，保持这样温暖又舒服的状态，听着观星女向导边用光笔指出星星边说明。Milly 则是离题地问着她，会不会一个人来观星？女生一个人会不会怕？有没有看见熊？观星时有没有看到过 UFO ？答案是远处看过熊！也看过飞行角度很奇妙的飞碟。

真的喔！她很确信地说。

其间向导还贴心地送上饼干，还有热咖啡及热红酒可以选。说真的，这绝对是 Milly 目前体验过最贴心最奢侈也最舒服温暖的观星活动。

一整天的户外活动后，食欲更加旺盛了。

晚餐选在嘉助，吃的是季节の献立（季节套餐），配上极品日本酒。

Milly 在春天前去，餐宴自然是以春天为主题，一共十道菜，从先附、煮物、八寸、焼き等，一直到最后的甜点。

大厨将季节精选食材发挥出极致原味，同时透过讲究五感、五味、五法的日本料理精髓，让每份料理都像是一个艺术品。

乍看之下都很熟悉的食材，却能在入口瞬间以那美味感动人，这种味觉体验完全超出 Milly 的形容词范围，只能说真的很想看看那在厨房中做出这些精彩料理的厨师，想诚心地说声真的很棒。

那天的菜色不是一端出来就分量豪华或让人直呼厉害的料理，但是一吃下去真的惊艳，那让味蕾印象深刻、内蕴深厚的滋味，完全可以体会出大厨的功力。

在梦幻般昏黄摇曳的灯光下隐约听到流水声，在精致琉璃夜光杯中倒入极品日本酒，摇晃着酒杯，忽然有种不真实感。

的确，当幸福超出日常的限度时，那不真实感就会这样慢慢在身体中漫开。

在嘉助用晚餐

隔日又是食欲旺盛，一切都是大自然的力量？
在这愉悦轻井泽度假住宿即将结束前，转换一下气氛，搭乘旅馆安排的班车前去 HOTEL Bleston Court 的法国餐厅 No One's Recipe 用早餐。

一个女子一定会喜欢的早餐，丰盛又色彩鲜丽。
先点一份法式乡村风味的 crape 饼当主食，其他餐点则是放在自助吧上。crape 饼皮用的是信州产荞麦粉，放上高原蔬菜和长野小布施的有机精选蛋。满满的馅料覆盖在 crape 饼上，几乎看不见饼皮，胃口小些，光是这主食已经很足够。

可是自助早餐吧上有各式沙拉、前菜、小点、面包、甜点和饮料，每一道都呈现出新鲜又色彩丰富的色泽，要克制不去样样尝试，还真要动用很大的自制力，于是一大早就吃得非常非常丰盛！

三天两夜的星野温泉星のや度假期间，在悠闲中丰盛地度过。

2009 年 7 月，就在星のや旁川边，一个全新的消费空间开幕了，在这称为“ハルニレ テラス”的复合式商场内，有川上庵的荞麦餐厅、イル・ソーニョ意大利窑烤披萨餐厅、希须林中国料理餐厅、CERCLE 法国料理餐厅，以及和泽村面包屋和附设餐厅。

除此之外，轻井泽名物的丸山咖啡屋、果子屋和泉屋权兵卫、北欧杂货屋等设有店面。

如此一来，原本就是度假胜地的轻井泽就多了以星野温泉区为中心的一个度假地中的度假地，溺爱轻井泽宠爱自己的理由就更充分了。

在法国餐厅 No One's Recipe 用早餐

东京表情

YOU&
SHIBUYA

图书在版编目（CIP）数据

东京的 11 种使用法 / Milly 著 . -- 北京：中信出版社，2017.10（重印）
ISBN 978-7-5086-6996-0

Ⅰ . ①东… Ⅱ . ① M… Ⅲ . ①游记－作品集－中国－当代 Ⅳ . ① I267.4

中国版本图书馆 CIP 数据核字 (2016) 第 274341 号

东京的 11 种使用法

著　　者：Milly
出版发行：中信出版集团股份有限公司
（北京市朝阳区惠新东街甲 4 号富盛大厦 2 座　邮编　100029）
承 印 者：北京华联印刷有限公司

开　　本：720mm × 970mm　1/16　　印　　张：20　　字　　数：230 千字
版　　次：2017 年 6 月第 1 版　　印　　次：2017 年 10 月第 2 次印刷
版贸核渝字（2010）第 211 号　　广告经营许可证：京朝工商广字第 8087 号
书　　号：ISBN 978-7-5086-6996-0
定　　价：68.00 元

图书策划：楚尘文化